La Edad de Tiza

Álvaro Ceballos

La Edad de Tiza

Papel certificado por el Forest Stewardship Council®

Primera edición: enero de 2022

© 2022, Álvaro Ceballos
Publicada de acuerdo con Meucci Agency – Milán
© 2022, Penguin Random House Grupo Editorial, S.A.U.
Travessera de Gràcia, 47-49. 08021 Barcelona

© Diseño: Penguin Random House Grupo Editorial, inspirado en un diseño original de Enric Satué

Printed in Spain – Impreso en España

ISBN:978-84-204-6103-8
Depósito legal: B-15236-2021

Compuesto en MT Color & Diseño, S.L.
Impreso en Unigraf, Móstoles (Madrid)

AL61038

1

Los niños tienen muchas formas de desaparecer. Crecer es la más inocua de todas ellas. Pienso en ello ahora que he vuelto a vivir con mi madre, ahora que un gizmo de peluche vuelve a vigilar mi sueño con su mirada bizca, ahora que la vida me ha arrojado como un náufrago a las costas de mi infancia, y me rodean los signos desencarnados de una niñez ideal, diligente, aplicada, escolarizada. Entre mis calzoncillos aparecen gomas Milan de doble intensidad; en el cajetín de los cubiertos hay cucharas, cuchillos y rotuladores; en una mágica degradación, mis apuntes de la carrera han cedido su puesto a varias remesas de cuadernos de caligrafía; el armarito del cuarto de baño no contiene más que ceras Plastidecor; uno de los maleteros de mi cuarto, en el que habría jurado que estaban los juegos de mesa, ha sido tomado por mochilas de colores primarios, y en la alacena de la cocina ha aparecido, cual bacalao fósil, un cartabón.

Esta tarde he registrado por tercera vez el aparador del comedor, y he encontrado uno de sus cajones —un cajón ancho, de mucho fondo, donde creía haber visto varios juegos de servilletas con orillas de encaje— atestado de lapiceros. Ya había algunos lapiceros la última vez que miré, pero ahora únicamente hay lapiceros. Son unos lápices preciosos, de un color negro brillante, rematados en el extremo por un redondelito dorado. Los conozco bien: son los que utilizan los empleados de la Compañía Telefónica, diseñados para una época en la que los auriculares eran de baquelita y si llamabas al número de información, te daba la hora una persona de verdad. Aprendí a escribir con esos lápices pintureros, extrañado porque nunca salía de ellos el tirabuzón de pendolista que su aspecto parecía prometer.

—¡Mamá! —grito—, ¿has robado todos estos lápices?

—¡Estoy en el baño! —dice ella desde la cocina.

Unos minutos después la oigo entrar de puntillas en el aseo, tirar de la cadena y salir enérgicamente dispuesta a ganarle el pulso a mi dedo acusador.

—Deja de trastear en mis cosas. ¿Se puede saber qué diantres estás buscando?

—Nada —miento, cerrando el cajón.

No es verdad que sean solo sus cosas. Toda la topografía doméstica de mi pasado ha sido invadida por esa infancia ajena y anónima, despojada de atributos. Mi madre no ha conservado uno solo de mis ejercicios escolares, pero ha estado atesorando a centenares, sin que yo lo supiera, artículos de uso escolar: objetos sin mancilla, limpios de decepciones, respetados aún por el error, anteriores a la necedad y a la inconstancia.

¿Cuándo comenzaría esta nueva manía suya? Yo antes solo venía algunos sábados, a comer, y no había modo de que advirtiera la lenta —o igual no tan lenta— infestación, dentro de los armarios y de las cómodas, de esta docta polilla.

Hay una explicación detrás de este síndrome de Diógenes ilustrado. O quizá sea algo menos que una explicación, pero también algo más que una excusa. Resulta que tras la separación —tras ese divorcio que ella sigue llamando separación— mi madre comenzó a frecuentar la parroquia, a la que hasta entonces solo iba por cumplir con el precepto dominical. Primero pensó que la distraería participar en el coro de la misa de una, embutiendo el mensaje evangélico en melodías de Bob Dylan, arrastrando las vocales de una nota a otra, lentamente, patéticamente, como si Bob Dylan se hubiera roto las dos piernas e intentase llegar al teléfono para pedir socorro. Unas semanas más tarde, cuando debía de estar calculando la mejor manera de abandonar el coro sin que nadie se sintiera afrentado, descubrió que algunas de las feligresas colaboraban con Cáritas en campañas de atención social. Se entregó a ello con una devoción que yo no la había visto poner en ninguna otra cosa. Siguió yendo a su trabajo, por supuesto, y viendo la tele por las noches y tomando café con sus amigas, pero yo tenía la impresión de que mi propio tiempo libre habría sido insuficiente para hacer todo lo que ella hacía en la parroquia. Organizaba la colecta de alimentos, participaba en colonias urbanas, recogía juguetes para los niños pobres y ayudaba a los inmigrantes sin papeles a hacer trámites administrativos. Había vuelto a utilizar una agenda, en la que apuntaba las tareas que debería realizar el fin de semana siguiente, los plazos de las instancias, las citas en la vicaría, los encuentros del grupo de apoyo a drogodependientes, las fechas de las formaciones para voluntarios, los teléfonos de organizaciones no gubernamentales. Pero había un ámbito en el que sus compañeros le habían conferido tácitamente atribuciones especiales, y era el del acompañamiento escolar a familias en riesgo de exclusión social.

Mi madre escuchaba a los solicitantes y valoraba sus necesidades, distribuía los recursos y, por encima de todo, recaudaba fondos, mediante loterías y rastrillos, con los que luego adquiría los materiales que esas familias no podían permitirse. Su actividad se ha visto estimulada últimamente por la declaración de la infancia como prioridad diocesana, y por el respaldo que una caja de ahorros había prometido al programa de Cáritas orientado a los menores. Eso, y la liquidación inopinada de varias papelerías del barrio, incapaces de capear la crisis económica, había llenado su casa —que alguna vez fue también mi casa, y que por el momento ha vuelto a ser mi casa— de bolígrafos, carpetas y sacapuntas. A mí me cuesta creer que haya alguien en este país que no pueda comprarse un sacapuntas.

—No es solo un sacapuntas —me explica mi madre—. Es todo. Son los estuches, los compases, las calculadoras... Aunque lo más caro son siempre los libros de texto.

Mi madre fríe unos sanjacobos y nos los comemos con un gazpacho de bote que no sabrá igual igual que el casero, pero que se prepara en cero segundos. En el informativo hablan de un nuevo plan de obras públicas, de la toma de posesión de Obama y de una escuela de Sevilla que ha sustituido las pizarras tradicionales por unos paneles táctiles. Como prospere eso de los paneles, mi madre va a tener que inventarse otra cosa.

—Casi se me olvida contártelo —dice.

Resulta que esta mañana, como libraba, ha estado en la iglesia ayudando en la operación kilo, y ha entrado una mujer preguntando por el párroco. Era una señora de su edad, de intensos ojos negros. Su rostro le resultaba familiar, aunque al mismo tiempo estaba segura de que no era una parroquiana de número, y ni tan siquiera esporádica.

«El párroco está dando clase en un colegio», le ha dicho; «puede volver dentro de hora y media o dos horas». La mujer ha respondido que no vive por aquí y que tendrá que regresar otro día. Mi madre le ha apuntado en un papelito el teléfono de la oficina parroquial, para que no vuelva a hacer el trayecto en balde, pero, intrigada, no ha podido evitar preguntarle si no se habían visto antes. Atando cabos, no tardaron en descubrir que ambas habían mandado a sus hijos al mismo colegio, y que incluso habían estado una en casa de la otra un par de veces.

—Era la madre de José Luis. ¿Te acuerdas de José Luis?

Levanto la cabeza, sobresaltado. Claro que me acuerdo.

—De pequeños os pasabais el día juntos, jugando a detectives.

Me he quedado pensativo, mirando mi sanjacobo. No estoy seguro de que fuera un juego. Hoy albergo la sospecha de que nuestros merodeos y nuestras indagaciones, nuestras candorosas elucubraciones de adolescentes se habían ido ordenando insensiblemente alrededor de un secreto pavoroso.

2

—¿Y a ti esto qué te parece?

Indiana Mínguez exhaló el humo intentando hacer aros, pero lo que salió de su boca fue un fantasma taciturno.

—Tiene que haber sido alguien de su confianza.

—Eres un lumbrera —dijo Quique con seriedad impostora—; solo alguien de su plena confianza les volaría la puerta con explosivos.

—Menos coñas, maricona de mierda —respondió Mínguez—. Veremos si te sigues mofando cuando te salte los piños. Si eres tan listo, ¿por qué crees que no lo han denunciado a la policía?

Era una pregunta innecesaria: si estábamos allí los cuatro, al pie de la rampa de un garaje particular, era porque no sabíamos nada de nada, porque aquel robo se había escurrido entre nuestros dedos dejando en ellos únicamente el aroma ahumado de la especulación. Había llovido, empezaba a caer la tarde y corría un aire frío, desapacible. Las paredes de la rampa estaban desconchadas por las rozaduras y renegridas por el humo de los tubos de escape. En el centro de la puerta basculante del garaje campeaba el cartel de VADO PERMANENTE, y sobre ella, en unas mayúsculas deslucidas que apenas debían de ser visibles desde la calle, un letrero anunciaba sin convicción GESTORÍA, MATRICULACIONES, TRANSFERENCIAS, TARJETAS TRANSPORTES, CERTIFICADOS.

—Joder —dijo José Luis—, qué sitio más chungo. ¿Por qué teníamos que quedar justo aquí?

Unos días antes, en el comedor, Toledano había contado como el que no quiere la cosa que durante el fin de semana alguien había reventado la puerta de su piso y se había llevado la caja fuerte. José Luis le preguntó cuánto dinero había en ella y él dijo que más de dos kilos. Yo no sabía que la gente tuviera cajas fuertes en su casa; es decir, sí lo sabía, mis tíos tenían una, pero la usaban para guardar documentos importantes, por si un día explotaba la bombona del butano. Nuestras miradas se cruzaron como las espadas de los tres mosqueteros sobrevolando el escalope cartilaginoso que me habían puesto aquel día en el comedor. Aquello era un auténtico caso criminal con el que la agencia Mascarada obtendría su consagración definitiva. Después de resolverlo, nadie nos volvería a llamar «cazafantasmas», ni nos pondría nunca más un zapato en la mejilla diciendo que el superagente 86 preguntaba por nosotros, ni nos pediría que investigáramos dónde había ido a parar su último pedo.

Como no conocíamos la dirección de Toledano, esa misma tarde lo seguimos hasta unos bloques de pisos bien postineros, casi a la altura de O'Donnell, con piscina comunitaria y todo. Durante un rato estuvimos revisando los telefonillos, buscando alguna marca que delatase una observación prolongada (José Luis había leído que a veces las bandas de ladrones pasan meses estudiando los movimientos de sus víctimas y hacen rayas junto a los botones del telefonillo para identificar a los que se ausentan los fines de semana; aún hoy no sé si es cierto). Como no hallamos nada, nos decidimos a burlar la vigilancia del portero y nos colamos para ver de cerca el escenario del crimen. Fue allí, en el rellano del sexto piso, donde el padre de Toledano abrió la nueva puerta blindada que le acababan de instalar y se encontró a tres de los compañeros de su hijo —Quique, José Luis y yo, porque Mínguez, como siempre, tenía que cuidar de sus hermanos— a cuatro patas, mirando debajo del felpudo.

La rampa del garaje tenía manchas de aceite y una rejilla de desagüe a la que Indiana Mínguez tiró la colilla antes de volver sobre sus palabras en tono conciliador:

—Igual la familia de Toledano no conocía a los ladrones, pero si algo está claro es que no quieren airear el asunto.

Yo también pensaba que allí había gato encerrado, y que no era lógico que en un caso así los padres de Toledano evitasen hablar con la policía y, sobre todo, que rechazasen la ayuda que la agencia Mascarada les ofrecía gratuitamente. Le di un golpe experto a la cajetilla blanda de Bisonte para que asomase un cigarrillo y terminé de extraerlo con los labios. Lo encendí accionando el mechero con el dedo índice, como si fuera el gatillo de una pistola, y hablé mientras expulsaba el humo, adoptando un aire entre mundano y magistral.

—Hay otra explicación... Igual lo que quieren es tomarse la justicia por su mano. Yo pienso que quieren ajustar cuentas ellos mismos. Ahora pueden ir a por los que les han mangado los millones y hacerles la corbata colombiana sin que nadie les moleste con preguntas. En cambio, si lo denuncian y luego se vengan por su cuenta, la pasma enseguida sospechará de ellos.

—Tal cual —dijo Quique—. A mí me roban unos jichos dos millones y les meto el palo de la fregona por el chumino.

José Luis se subió la cremallera del chubasquero hasta la nariz y propuso que nos fuéramos a casa, que ya hablaríamos con Toledano al día siguiente, antes de clase o en el recreo de la comida. Parecía que podía romper a llover de nuevo en cualquier momento.

Visto con perspectiva, no habríamos debido ignorar la sugerencia de José Luis, que como siempre era el más sensato. Visto con perspectiva, habría convenido por lo menos que alguien montase guardia desde otro sitio. Visto con perspectiva, no debimos aceptar que Toledano nos citase en un lugar tan solitario. Visto con perspectiva, efectivamente, no había necesidad de quedar con él en ninguna parte, ya que de todos modos pasábamos juntos varias horas al día en la misma clase. Pero visto también con perspectiva, en todo lo que hacíamos la lógica literaria se imponía sobre las alicortas razones del sentido común.

Aunque el padre de Toledano se puso hecho una furia cuando nos vio fisgoneando delante de su puerta, habíamos vuelto allí para pegar cintas adhesivas al suelo del descansillo y poder analizarlas luego con el juego de química de Quique. Nuestro propósito era determinar el tipo de explosivo que se había utilizado para entrar en el piso. Si se trataba de amonal, podríamos argumentar que el robo lo había cometido un comando de la ETA, pero aunque dejamos una mancha indeleble en el escritorio de Quique, intoxicamos a Mínguez y fundimos tres tubos de ensayo, los experimentos con el Quimicefa no fueron concluyentes.

En cualquier caso, los vecinos de la familia Toledano debieron de pensar que había sido un atentado etarra, porque ninguno se asomó a ver qué ocurría cuando los ladrones hicieron saltar por los aires la puerta del apartamento. Eso al menos nos contaron varios de ellos cuando los abordamos en el portal. Alguno de esos vecinos catetos debió de irse de la lengua, porque justo después Toledano nos citó en la entrada de aquel garaje de mala muerte. Allí, dijo, nos daría todas las explicaciones que necesitábamos para avanzar en la investigación.

—Desde luego este sitio para lo que está guay es para que no te vean venir —dijo José Luis, y como si con ello las hubiera conjurado, en ese momento se recortaron en lo alto de la rampa cuatro siluetas. Conforme fueron acercándose a nosotros reconocimos en las más pequeñas a dos de nuestra clase: Navarrete y el propio Toledano. Iban serios, los labios tensos y las manos en los bolsillos. Los otros dos eran tres o cuatro años mayores —una diferencia que a esas edades resulta abismal—, nos sacaban una cabeza y tenían más masa muscular que todos los demás juntos. Uno de ellos era el hermano de Navarrete, un bigardo repetidor a quien llamaban «el Rata», y que por edad tendría que haber jurado ya bandera. Llevaba una chupa con cuello de borreguillo y unos

Levi's blancos. El otro debía de ser un colega suyo, pero saltaba a la vista que no era del colegio, porque con esas pintas no le habrían dejado entrar. Llevaba la cabeza rapada, camisa de leñador y unas Dr. Martens pintadas de rojo. Supuse, no sé por qué, que el Rata y él se conocían de los recreativos.

El hermano de Navarrete nos echó una mirada despectiva y le preguntó a Toledano, fingiendo incredulidad:

—¿Estos son los mierdas que te están tocando las pelotas?

Por toda respuesta, Toledano se dirigió a nosotros y farfulló.

—Os dije que dejaseis de meter las narices donde no os llaman. Vamos a ver si os enteráis de una puta vez.

El de las Dr. Martens se remangó la camisa parsimoniosamente y, con un deje gangoso, dijo:

—Chavalines, vais a probar todas las hostias del *Street Fighter*.

Quique se adelantó y le respondió que de acuerdo, pero que si tenía cojones había que pegarse con los puños, nada de dar patadas como las mariconas. Al de las Dr. Martens se le alegraron las pajarillas como si hubiera sacado la triple manzana en la tragaperras y, con andares confianzudos, acortó el trecho que lo separaba de nuestro amigo.

—Ningún problema. Yo en tu lugar también querría que me cambiaran esa jeta de putita...

Antes de que terminase su bravuconada, Quique, sin dejar de mirarle a los ojos, le pegó una patada en los huevos que nos encogió el corazón a todos los allí presentes.

—¡Tócamela, capullo, que la tengo gorda y pendulona! —gritaba Quique, con la cabeza volada por la adrenalina, mientras el otro se retorcía en el suelo.

Ese era el momento en el que teníamos que haber salido corriendo, pero estábamos tan perplejos ante la temeridad de nuestro amigo que nadie reaccionó. Solo después Mínguez y yo comenzamos a excusarnos: «Esto ha sido un error», balbucía yo, y él hacía aspavientos diciendo: «¡No es lo que parece, no es lo que parece!».

Quedaban Toledano, Navarrete y el Rata, pero aunque los superábamos numéricamente, estábamos menos acostumbrados que ellos a las pendencias. Hay gente, como Quique, que se crece en esas circunstancias, y otros que sacamos la bandera blanca antes de que empiece el baile. ¿Qué sentido tiene postponer la capitulación cuando sabemos que ese será el desenlace inevitable? Entonces, el hermano mayor de Navarrete agarró a Quique de la pechera, lo lanzó cuesta abajo por la rampa del aparcamiento como si estuviera en una bolera y mis ojos se nublaron con el rojo vaho de la ira.

Por mucho que nos amedrentase el dolor físico, nuestro carácter era sólido y nuestras intenciones unívocas y unánimes como no volverían a serlo nunca. Aquello era el verdadero cuerpo místico, la comunión de los santos, que solo puede tener lugar cuando los santos están partiéndose el bautismo junto a sus amigos sin tener claro el porqué. Si nos lo hubieran explicado así, habríamos comprendido por fin en qué creíamos.

A ello hay que sumar que, a pesar de que no fuera esa nuestra inclinación, nuestra hipófisis nos decía que siete tipos entrelazados tratando de sacarse unos a otros los menudillos no era una cosa repugnante, sino la realización gloriosa de un oscuro mandato. Por eso bailábamos en torno a nuestros enemigos y lanzábamos bocados al aire como perros callejeros. Por eso gritábamos y metíamos patadas sin concierto. Por eso al rodar por el asfalto no sentí el dolor de los raspones, ni la humillación de la derrota, sino una extraña satisfacción, distinta de la de saber que todo llegaba a su término tal y como yo había previsto.

Hubo, sin embargo, unos breves instantes en los que nada se había decidido aún, unos instantes en los que yo estrangulaba a Navarrete para obligarle a que dejase de pegarle rodillazos a José Luis, quien chillaba con cada embate pero se aferraba tercamente a los huevos de Toledano, el cual a su vez mordía la canilla izquierda de Indiana Mínguez mientras este intentaba doblarle la muñeca hacia dentro al hermano de Navarrete. Esa era la llave secreta de Mínguez: la tensión de los tendones resultaba insoportable, y en pocos segundos el contrincante más forzudo caía de rodillas implorando piedad, suponiendo, eso sí, que el contrincante más forzudo estuviera descuidado y se dejase hacer con beatífica inocencia. En cambio, nadie podía tener la atención más reconcentrada que el Rata cuando le pateaba a Quique las costillas, por lo que parecía que Mínguez, en lugar de someterlo con una llave oriental, se estuviera esforzando en estrecharle la mano afectuosamente.

Las peleas las gana quien las quiere ganar. Nosotros no queríamos ganar: nosotros queríamos que la pelea terminase cuanto antes para ir a lamernos las heridas. Por eso los cuatro investigadores de la agencia Mascarada fuimos cayendo uno tras otro y al dar en el suelo adoptamos instintivamente la posición fetal y dejamos que nos golpeasen y nos escupieran hasta desquitarse, solo que cuando creíamos que todo había concluido, abrimos los ojos y vimos que el macarra de las Dr. Martens se había incorporado al fin y hacía revolotear ante nosotros una navaja de mariposa. Navarrete y Toledano dieron de manera refleja un paso atrás y uno de ellos dijo «joder, tranquilo, tío, no te pases». Fue ver amedrentados a los matones de nuestra clase lo que nos terminó de aterrorizar.

—¡Tranquilo una mierda! —dijo el Dr. Martens—. ¡Me quedaré tranquilo cuando le corte a ese los huevos y se los haga tragar!

La navaja apuntaba a la entrepierna de Quique, y creo que este habría vuelto a casa con las pelotas metidas en un tarro si en aquel momento no se hubiera abierto la puerta del garaje detrás de nosotros. Los focos de un coche tomaron una instantánea furtiva del Dr. Martens e hicieron guiños en el filo de la chaira.

El ocupante del coche bajó la ventanilla y nos increpó para que despejásemos la rampa de acceso. Los cuatro sufridos investigadores de la agencia Mascarada retrocedimos garaje adentro. Toledano y los suyos, viendo que había testigos, tironearon del Dr. Martens para arrastrarlo hacia la calle. Lo estaban consiguiendo cuando se toparon con un náutico que Quique había perdido en la refriega; el Dr. Martens lo recogió y lo apuñaló con saña, gritando que sabía dónde encontrarnos.

El coche encaró por fin el acceso del garaje y descendió adelantando a nuestros verdugos. Nosotros nos internamos y nos agazapamos detrás de un Volvo conteniendo la respiración. Cuando estimamos que ya habría oscurecido lo suficiente, salimos por el acceso de peatones y revolvimos entre los setos de boj y los cubos de basura buscando el náutico vulnerado. No lo encontramos y Quique regresó a su casa cojeando lastimosamente. De vez en cuando volvía la cara en la dirección en la que había desaparecido el Dr. Martens, extendía el dedo corazón y, como si todavía pudiera oírlo, le increpaba:

—¡Súbete aquí y pedalea!

Yo tenía un siete horrible en la manga de mi cazadora, una manga de cuero que hasta ese día había sido blanca. Era una de esas cazadoras de equipo de béisbol, con las siglas de una ciudad que no iba a visitar jamás, y me la habían regalado por mi santo. Pensé que cuando lo vieran mis padres me pondrían las peras a cuarto, pero al explicarles que un *anarca* se había metido con Quique y que yo había caído al suelo cuando trataba de defenderlo, lo que dijeron fue: «No, si tenía que pasar» y «ya tienen la España que querían».

3

Los altos de Chamartín, la Guindalera, la Elipa, Moratalaz: barrios sin pasado que dos generaciones atrás eran aún quebradas y desmontes anónimos. Bajando la calle del Doctor Esquerdo desde el cruce de O'Donnell y mirando hacia el oriente se veían hondonadas abruptas y más allá las landas abrasadas, encinas ascéticas y pinos místicos. Así había sido toda esa periferia madrileña antes de que las migraciones nacionales del medio siglo la llenasen de ladrillo. No obstante, esos campos silvestres tenían su historia menuda de ventorrillos y merenderos, de hotelitos desvalijados, de caza menor, de asentamientos silvestres, de asesinatos impulsivos, de arrieros, de buhoneros, de cabras, de fábricas, de trabajos forzados y de ermitas. Algunos collados arrastraban incluso un pasado noble de cooperativa obrera y lucha antifascista. Pero todos esos seres y acontecimientos habían atravesado esos parajes sin dejar apenas rastro, y el poco que dejaron había sido borrado por las excavadoras mucho antes de que nadie pudiera interesarse por él.

Tampoco nuestro colegio tenía pasado; con él empezaba la Historia. No se asentaba sobre ruinas, fábricas ni cementerios. Quizá sí sobre alguna fosa común, porque eso en España no debe descartarse nunca y puede que alguno de los hechos que aún no sé explicarme los provocase el espíritu insidioso de un fusilado. Nuestro patio era un socavón fortificado que bostezaba interminablemente entre decenas de torres de pisos repetidas. Todas ellas habían sido levantadas a matacaballo para alojar a los primogénitos del agro. Durante algún tiempo, aquella ciudad los acogió a todos, hizo tintinear delante de sus ojos las llaves de un coche y les convenció de que habían llegado al futuro. Si en los sótanos de Gran Vía, la bolera Stella, el Rock-Ola, La Vía Láctea, Archy y el Pentagrama entraban punkis y glams y travelos y papelas, significaba que habíamos llegado al futuro. Lo malo era que ese país que había llegado al futuro y que decían que era el nuestro lo conocíamos solo gracias a la televisión. Y que, según decía mi padre con la boca llena, estaba hasta arriba de julandrones.

Desde la zanja que era nuestro cuartel general, al pie de los cipreses que flanqueaban la entrada del colegio, los cuatro detectives de la agencia Mascarada nos sentíamos confusamente encerrados dentro de otra Historia.

La Historia no es un ángel que se vaya posando aquí o allá como una abeja caprichosa. La Historia está encima, debajo, delante y detrás de nosotros. Es todo lo que pasa e incluso lo que no pasa pero creemos que pasa, y lo que esperamos que pase y lo que tememos que pase. Aun así, me pregunto si en caso de que la Historia fuera ese ángel o esa abeja, habría aleteado más tiempo en los garitos de la Movida o en mi colegio y en todos los demás colegios que la democracia había devuelto a las órdenes religiosas para que los españoles decentes, hechos y derechos no tuvieran que confiar a sus hijos a los antros sin dios ni ley que eran los institutos públicos, a esos Archys, Stellas y Rock-Olas infantiles que solo podían fabricar marimachos, travelos y punkarras.

De nuestro colegio no saldría siquiera un mal rockero. De nuestro colegio y de otros colegios como el nuestro íbamos a salir solo buenos cristianos. La mitad de la España del futuro —la mitad de lo que viene siendo la España del futuro— no salió del Pentagrama ni de la Vía Láctea ni de la sala El Sol, sino de nuestro colegio.

Los cuatro investigadores de la agencia Mascarada discutíamos, reconstruíamos y sobre todo inventábamos la refriega de la tarde anterior. A Quique le habían hecho una autorización para venir en deportivas, a José Luis le había salido un chichón detrás de la oreja y todos teníamos las espinillas llenas de mataduras. Supongo que aquella mañana estuvimos a punto de preguntarnos por qué alguien guardaba tanto dinero en efectivo en su casa, y por qué pondría tanto empeño en que nadie anduviese haciendo preguntas sobre su sustracción, pero aquel caso salió de nuestra mente de manera súbita y definitiva, no por la pelea ni por las amenazas, sino porque los sucesos incomprensibles que estaban a punto de ocurrir exigirían toda nuestra atención.

—Son la polla estos caramelos Drácula —dijo Quique.

—Ya te digo —dijo Indiana Mínguez—, tírate el rollo.

—No tengo más. ¿Quieres este?

Quique se sacó el caramelo de la boca con dos dedos y se lo ofreció.

—¡Quita, tío! ¡Joder, qué asco!

Se lo metió de nuevo en la boca y explicó que no le veía nada de asqueroso, que era como pasarse un *fiti*.

—Se te pira la olla, chaval —dijo Mínguez.

Entonces Quique se dirigió a mí y me dijo «a ti no te dará asco, ¿no?». «No», dije para no parecer una niñita. Él se sacó el Drácula de la boca y yo lo metí en la mía. Lo chupé dos o tres veces y se lo devolví. Aquello que debía ser una prueba de virilidad me produjo un placer sensual inconfundible. Casi podría decirse que fue mi primer beso. Mínguez gritó que éramos unos cerdos y que estábamos majaras, pero sus protestas fueron ahogadas por la sirena que nos conminaba a formar en el patio a fila por clase. Quique se levantó de un salto y salió corriendo.

—Joder, tío —dije—, ni que te hubieran metido un cohete por el culo.

Él volvió la cabeza y, sin dejar de correr, gritó:

—Qué más quisieras.

4

El profesor de Naturales se retrasaba. Un par de mesas detrás de mí había mucho jolgorio porque, según decían, Álvaro y Morales habían pintado un coño en una hoja de examen y lo estaban penetrando por turnos con un bolígrafo Bic. Navarrete y sus secuaces aterrorizaban a Yáguer, Chochito y los demás marginados, pegando chupinazos al balón en plena clase, estrellándolo unas veces contra la cabeza de alguno y otras contra los tableros de las mesas mientras los libros, estuches y papeles saltaban como embrujados e Indiana Mínguez y yo, sentados en pupitres contiguos y cubriéndonos con los antebrazos a la manera de los boxeadores, tratábamos de determinar si los dioses de la América precolombina eran o no extraterrestres.

—O sea —decía Mínguez con socarronería—, ahora va a ser que los marcianos inventaron el Rólex.

Mínguez se refería a una foto del libro de Erich von Däniken que yo le había prestado unos días antes. En ella se reproducía el bajorrelieve azteca de un dios muy serio y rodeado de glifos. El dios tenía dibujada en la muñeca una banda con un redondel que recordaba poderosamente —o eso nos parecía a Erich von Däniken y a mí— un reloj de pulsera.

Yo trataba de explicarle con mi pobre léxico de adolescente que las estatuas de la Isla de Pascua, las pirámides de Egipto, las siluetas gigantes de Nazca y el carro de fuego que arrebatara al profeta Elías eran capítulos de un único relato, expresiones singulares de un razonamiento común a todas las civilizaciones antiguas, la explicación de todas las mitologías: seres que bajan del cielo con trajes luminosos, tecnologías anacrónicas capaces de desplazar con ligereza increíble cientos de toneladas de materia, y seres humanos que reciben de sus dioses herramientas misteriosas con las que separan las aguas de los mares o producen plagas deletéreas.

—A mí todo eso me suena a herejía.

—Ya, pero acuérdate de que Jesucristo, antes de la Ascensión, dice que tiene que ir...

«Que tiene que ir a guardar otros rebaños», querría haber dicho, pero en ese momento de singular elegancia teológica en el que yo estaba a punto de demostrar la existencia en otros planetas de vida inteligente y cristiana, Mínguez bajó la guardia y recibió un balonazo en el temporal izquierdo que le estampó la cabeza contra el gotelé de la pared.

Se irguió como impulsado por un resorte y gritó ahuecando la voz como hacía siempre que amenazaba a alguien.

—¡Me cago en tu putísima madre, Navarrete! ¡Esta vez sí que te voy a curtir!

Pero no lo pudo curtir porque en ese mismo momento don Donato abrió la puerta de la clase provocando que el Chochito suspirase con alivio visible, que Morales tirara por la ventana el coño que estaba violando, que todos volviésemos a nuestra mesa y nos apresurásemos a colocarla, mal que bien, en su sitio. Don Donato entraba, depositaba su cartera de cuero a un lado de la mesa, se quitaba la chaqueta y hacía con ella una admirable manoletina antes de colgarla en el respaldo de su sillón y sentarse a dar clase. Otras veces no se sentaba y daba la lección a pie firme, haciendo inconscientemente un gesto suyo característico que consistía en mover la mano a la altura de la cadera, como diciendo «me la refanfinfla». Don Donato hablaba, por ejemplo, del sistema linfático, del bazo, del timo y de los linfocitos, pero su mano nos decía que todo aquello era de poca monta y que nos lo contaba solo por obligación contractual. Aquel día, sin embargo, don Donato y su mano se detuvieron delante de la pizarra y nos pidieron que los acompañáramos a la biblioteca.

Una corriente de entusiasmo atravesó los pupitres, porque si nos llevaban a la biblioteca era que iban a ponernos un vídeo. Salimos sin concierto y armando bulla. En los dos pasillos que hubimos de recorrer, don Donato, que lideraba la comitiva, nos chistó tres o cuatro veces y, como ordenaba un ritual que conocíamos bien, nos amenazó seriamente con devolvernos a la clase y ponernos a copiar las Obras de Misericordia.

Por su situación y dimensiones, la biblioteca no se diferenciaba sensiblemente de otras aulas. No tenía mesas y sus sillas se hallaban apiladas de cinco en cinco en uno de los laterales. La pared sin ventanas estaba ocupada por grandes librerías que en su parte inferior tenían unas puertas de chapa cerradas con llave; de la mitad para arriba eran expositores con puertas correderas de cristal, aseguradas también con un candado. A despecho de tantas precauciones, el contenido de esos muebles no resultaba demasiado tentador. Una de las baldas estaba ocupada enteramente por una enciclopedia de tapas granates; en otra se amontonaban ejemplares sobrantes de los libros de texto que habíamos utilizado en cursos anteriores; dos o tres contenían novelas juveniles de una colección de cubiertas blancas con la que no estaba familiarizado. Leyendo los lomos solo reconocía dos novelas: una iba de un niño de Argüelles que descubría que podía mover cosas con la mente porque era el príncipe de un imperio intergaláctico; otra trataba de un niño de doce años que se iba a vivir al bosque, donde robaba huevos, recolectaba raíces, cazaba corzos y curtía pieles para fabricarse chalecos. Esta última creo que la dejé sin acabar. No sabía decir cuál de las dos me parecía más inverosímil, pero me sentía con más posibilidades de ser un personaje de *Star Trek* que de sobrevivir una semana en el monte, ya que lo único que sabía cazar eran grillos, y aun esto, solo en teoría.

Dispusimos las sillas en varias filas y cerramos las cortinas. Las de la biblioteca eran de un hule opaco y pesado que permitía oscurecerla casi por completo. En un rincón había un armario montado sobre ruedas que contenía un televisor y un magnetoscopio. Don Donato lo abrió, metió una cinta y nos explicó algo así como que ya éramos mayores para enfrentarnos sin contemplaciones a algunas cuestiones relacionadas con la sexualidad humana. Sus palabras fueron acogidas por un regocijo simulado que trataba de camuflar un interés auténtico. Entonces el profesor apagó la luz y puso en marcha el reproductor.

Al principio salía el título en inglés, con unas letras de peli de terror, pero enseguida comprendimos que íbamos a ver sobre todo a un señor muy trajeado comentando con acento mexicano algo que solo podíamos describir como radiografías en movimiento de una mujer embarazada. La tripa de aquella señora contenía misterios submarinos e hipótesis nebulares. Me parecía inconcebible que aquellas imágenes borrosas tuvieran relevancia científica y que la gente, en cambio, regatease el valor documental de las fotos de Erich von Däniken, que se veían con más claridad y demostraban fehacientemente que no estamos solos en el universo. Algo más adelante salían imágenes de fetos gigantes flotando en el líquido amniótico, como en una película rara de astronautas que había visto dos veranos antes en el Talgo a Palencia y que no entendí muy bien porque me quedé dormido a la altura de Villalba.

Pero con esta película no había quien se durmiera, porque de repente salía una tía completamente en bolas, tumbada en una camilla y con las piernas en alto. Oí detrás de mí risas sofocadas, que don Donato atajó con una mirada fulminante. A decir verdad, de la tía en bolas solo se veía el costado inferior, en horizontal, y el brazo de un enfermero ocultaba la parte de la imagen que más nos habría interesado. Probablemente ninguno de nosotros sabía qué lo desasosegaba más, si la irrupción inesperada de unos rotundos muslos femeninos en un documental que había arrancado como una orgía de tecnicismos, o el hecho de que a la mujer le estuvieran metiendo un aspirador quirúrgico entre las piernas, con acometidas enérgicas más propias de un jugador de futbolín que de un técnico sanitario. Más tarde, mientras la voz del presentador recitaba un montón de cifras que no nos dio tiempo a comprender, aparecieron varias imágenes de cadáveres de niños metidos en cubos de plástico. Hubo un sobresalto audible en la clase. Don Donato quitó entonces el volumen. Mientras el presentador del documental continuaba moviendo los labios, nuestro profesor nos dijo que Dios infundía un alma en el nonato desde el momento mismo de la concepción, y que por eso, cuando había peligro de que el niño muriera nada más nacer, había que bautizarlo atravesando el vientre de la madre con una jeringa, y que a eso se le llamaba «dar las aguas de socorro». De otro modo el alma se vería condenada a pasar la eternidad en el limbo, que era una especie de acuario gigantesco en el que flotaban millones de ballenatos ciegos. La supresión de la vida del niño nonato era un crimen peor, mucho peor, que el asesinato, ya que la propia madre se hacía cómplice y la víctima era incapaz de defenderse. Por eso, el que participa en un aborto comete un pecado mortal que conlleva la excomunión inmediata, y esa excomunión no la puede levantar cualquier sacerdote, sino que tiene que ser por lo menos el obispo y en algunos casos el mismo papa Juan Pablo el que la levante. La excomunión se extendía de forma automática a los médicos, a las enfermeras, al personal administrativo de las clínicas abortistas y, desde luego, a los padres de la criatura. ¿También al padre? También, ya fuera por omisión del asesoramiento y el apoyo que le debería dar a su mujer o por coadyuvar activamente en la comisión del delito. Eso era —prosiguió— lo que ocurría en España y en otros países que habían perdido los valores cristianos: la generalización de crímenes en masa que dejaban pequeños los campos de concentración nazis. A partir de ahí ya nadie recordaba muy bien qué había dicho don Donato —o «don Nonato», como lo llamamos durante las semanas siguientes—, porque el documental había terminado y lo que vimos después nos produjo una emoción igual de grande, aunque de distinto signo.

Tras un segundo de estática, quien salió en la pantalla del televisor fue el propio don Donato, paseándose muy ufano del brazo de una señora por delante de la estatua de la Libertad. Pocos segundos después aparecieron unas letras sobreimpresas formadas por cuadraditos blancos, que decían «Vacaciones 1988».

—Había olvidado que tenía grabado esto ahí —dijo don Donato al percibir la hilaridad general. Vaciló un momento con el mando a distancia en la mano (era la mano chula, la que se le quedaba a la altura de la cadera con ganas de revólver) y, contra todo pronóstico, no paró la reproducción sino que subió de nuevo el volumen.

Es posible que en el momento le pareciera apropiado contrarrestar con unas escenas de sana vida familiar el impacto que habían tenido en nuestra psique las imágenes de fetos desmembrados, pero yo creo también que había un prurito de satisfacción y de narcisismo en el hecho de compartir con nosotros unas secuencias editadas de su intimidad.

El vídeo mostraba a don Donato en Nueva York, con quienes sin duda eran su mujer y sus tres hijos. Por entonces solo conocíamos Nueva York de las películas y por consiguiente no lo conocíamos sino que más bien lo reconocíamos como fragmentos de un país de geografía confusa y fantasiosa, cuyas ciudades formaban un inmenso plató. El nombre que recibiera en cada momento ese plató era indiferente. Me digo ahora que quizá Quique sí hubiera estado en Nueva York, porque su padre había trabajado un tiempo en Estados Unidos, pero estoy convencido de que todos los demás compartieron mi admiración y en cierto modo mi incredulidad al comprobar que un mindundi como don Donato —un pelagatos que apenas podía domesticar diez minutos seguidos a la recua de animales que éramos, un tipo al que una vez había visto hurgarse las narices sin rebozo mientras nos tenía haciendo actividades, alguien al que se le salían cada dos por tres las hombreras de la chaqueta dándole un aspecto deforme, un indocumentado al que ni siquiera habríamos podido imaginarnos en un apartotel de la Costa del Sol— colgaba los bártulos en julio y se iba tan campante al mismo lugar que los Cazafantasmas habían liberado de un moco psíquico en el que se concentraba toda la maldad del universo.

El vídeo había sido grabado con una cámara que permitía introducir efectos de transición, como fundidos en espiral o marcos de colores chillones. El sonido era una mezcla de tráfico, viento y gritos con cambios bruscos de volumen entre los que resultaba difícil comprender nada, pero don Donato nos iba diciendo los nombres de los sitios y monumentos principales, mientras sus hijos —dos niños y una niña— se encaramaban a las estatuas de políticos y se montaban a horcajadas en todos los bolardos y barandillas que les salían al paso, como sin duda habríamos hecho nosotros mismos de haber estado allí.

En conjunto no vimos más allá de tres o cuatro minutos, porque los recuerdos de las vacaciones se interrumpieron en un momento que don Donato, sin duda, no recordaba haber grabado. Acabábamos de ver imágenes de un parque de atracciones, y resulta que el parque de atracciones estaba delante de una playa en donde la hija de don Donato empezó a hacer cabriolas luciendo un bañador que, aunque nosotros de esas cosas sabíamos bastante poco, le quedaba visiblemente pequeño. Fueron siete u ocho los segundos que don Donato tardó en encontrar la tecla de stop en el mando a distancia, pero siete u ocho segundos bien aprovechados que constituyen uno de los tesoros mejor guardados de nuestra memoria adolescente, porque la hija de don Donato era en aquella cinta algo mayor que nosotros y, como diría José Luis en el recreo con ojo clínico y verbo castizo, «ya lo tenía todo puesto». Hemos olvidado la fórmula para despejar la aceleración de un sólido que cae por un plano inclinado en condiciones ideales, la capital de Indonesia, el ciclo reproductivo de las espermatofitas, el autor del *Informe sobre la ley agraria*, los tres principios de la termodinámica, la utilidad del bazo y del páncreas, e incluso muchos de nosotros hemos olvidado cómo se hace una raíz cuadrada con lápiz y papel, pero estoy seguro de que ninguno ha olvidado la expresión de la hija de don Donato cuando hacía el pino puente, ni la novedosa perspectiva del cuerpo humano que nos regaló cuando se dobló por la cintura para saludar a la cámara boca abajo entre sus piernas abiertas. En esos siete segundos, ocho como mucho, unos silbaron, otros aplaudieron y otros nos limitamos a sonreír como si ya hubiéramos visto de todo, al tiempo que mirábamos la pantalla sin atrevernos a pestañear.

El profesor apagó la televisión con un gesto nervioso.

—Bueno, hala, se acabó la función. A clase.

Desanduvimos el pasillo de un humor excelente. Quedaban diez minutos para que terminase la hora y se sobreentendía que no nos mandarían ya ninguna actividad antes del recreo. Algunos empezamos a desenvolver el papel de aluminio de nuestros bocadillos, que habíamos dejado por la mañana sobre los radiadores para que se calentasen.

—¿Tú te esperabas que don Nonato tuviera una hija así? —me preguntó José Luis.

—Qué va. Yo ni siquiera me había esperado que tuviera hijos —dije, y caí en la cuenta de algo perturbador: don Nonato se había acostado con una tía—. ¿Os dais cuenta?

Todos nos reímos un poco, pero Quique enseguida me corrigió:

—Hombre, con una tía no: con su mujer, que era esa cosa que le colgaba del brazo.

En eso llevaba algo de razón, porque su mujer guardaba un parecido mucho mayor con el propio don Donato que con esa muchacha morena, jovial y frescachona que sin saberlo había empezado a ocupar un lugar muy principal en la mitología de primero B. Y entonces Quique añadió algo completamente genial, algo que desafiaba cualquier lógica humana y que nunca supimos si pretendía ser un chiste.

—Y además, quién sabe si se han acostado *queriendo*.

Ese fue el primer signo de que la delicada coherencia de nuestro microcosmos comenzaba a resquebrajarse. Aunque todavía no lo supiéramos, aquella cinta era un arcano cuya radiactividad produciría atroces mutaciones en el cuerpo social de nuestra clase.

5

Cuando mi madre, la semana pasada, se encontró con la de José Luis en la parroquia, volvió a casa pensando en mi colegio. Y diciéndose que, después de tantos años de escolaridad y de tantas pesetas gastadas en extraescolares, bien podrían hacerle el favor de guardarle los libros de texto usados cuando acabe el año. Algunos, los que buenamente puedan: hay familias que las están pasando canutas y que los recibirán como agua de mayo. No importa si están muy pintarrajeados: peor es comprárselos nuevos a los hijos y que sean ellos los que los pintarrajeen. Así pues, ni corta ni perezosa, ha llamado por teléfono, la han puesto con el jefe de estudios, se ha escapado antes del trabajo y ha ido a verlo. Para su campaña solidaria mi madre tiene los reflejos de un operador de telemárketing: apenas alguien empieza a titubear al otro lado de la línea, ya lo está felicitando por la adquisición y pidiéndole el número de la tarjeta de crédito.

—El tal jefe de estudios es un chico muy dicharachero. Y tan atento... Ha hecho que nos sacaran un café y ha dicho que mi idea era de las que hacen época. Para que veas. Fulano Sanromán, se llama.

—Ostras, Sanromán, el Pasmao.

Mi madre se sonríe.

—A mí me ha parecido muy majete. Enseguida nos hemos puesto de acuerdo y me ha dado el número de la presidenta de la asociación de padres. Supongo que son ellos los que mejor pueden contactar con las familias. Luego hemos acabado hablando de otras cosas. Me ha preguntado por ti... Que qué tal te va, que si aún vives en Madrid.

Le he contado un poco. Dice que es una pena lo que está pasando con vosotros, que sois la generación mejor formada que ha tenido este país.

Me tiene frito la cantilena de la generación mejor formada. Es verdad que, en comparación con la España de mis abuelos, ahora casi todo el mundo sabe leer, y somos más los que estudiamos durante más tiempo. Pero si me miro a mí mismo, no atino a identificar la forma de esa formación. No sé si me explico. Cualquiera que me vea, tumbado en una cama que se me ha quedado chica, comiéndome los mocos —es una forma de hablar— y bebiéndome una botella de Carlos III que he encontrado en el mueble bar, me tomará por un impostor.

Recuerdo que en las primeras prácticas de la carrera tuvimos que extraer la cafeína de un puñado de hojas de té; en otra ocasión nos mandaron sintetizar ácido acetilsalicílico. Yo entraba en el laboratorio pavoneándome dentro de mi guardapolvos, bien limpito y almidonado. Sin embargo, mi mayor logro esos días fue evitar que el ácido me saltara a los ojos y me dejara ciego. Tuve la suerte de que en mi grupo hubiera dos chicas que comprendían las instrucciones y sabían combinar correctamente los reactivos. Luego me enteré de que ya habían realizado ambos experimentos en sus institutos, el año anterior.

Cuando oigo hablar de la generación mejor preparada pienso que deben de referirse a esas dos chicas.

No creo que mi madre sepa a lo que se expone pidiendo que le guarden los libros de mi colegio. Es probable, por ejemplo, que el año que viene un muchacho magrebí abra un manual de literatura y allí, junto a un pasaje del *Cantar de mío Cid*, lea «muerte a todos los moros mierda». Pero me faltan las fuerzas para explicárselo. Me faltan las fuerzas para explicarle dónde se está metiendo, igual que nunca tuve ánimo suficiente para explicarle dónde me había metido a mí. No porque esa explicación sea aterradora, sino porque yo mismo no sé dibujar —ya lo he dicho— la forma de mi formación, la formación de mis fuerzas, el campo de fuerzas del entorno, el contorno de mi malformación.

Llevo tiempo luchando contra el barrunto irracional de que la clave de mi deformación se encuentra en una cinta de vídeo que creía tener en casa de mi madre. Es como las ganas de toser que te entran cuando sabes que no debes toser, y que solo se quitan tosiendo. Por eso he estado revolviendo cajones y registrando armarios, pero en esta casa ya nada está donde debería, los testimonios del pasado han sido enterrados en un aluvión de material escolar, y empiezo a preguntarme si esa cinta llegó alguna vez a mis manos, si mi deseo de poseerla no generó una apariencia de forma, una forma generada, la generación mejor formada.

—Mamá —me atrevo a preguntarle al fin—, tú no sabrás qué ha sido de mis cintas de vídeo, ¿verdad?

Mi madre está sacando una lasaña del congelador y me da una respuesta maquinal.

—Estarán por ahí.

—No las habrás tirado.

—¿Cómo las voy a tirar?

No sé yo. La noto algo ida. A veces pienso que el ronroneo del microondas la transporta a otro espacio mental.

Dedico el resto de la tarde a registrar, sin éxito, los armarios empotrados del tercer dormitorio. Es esta una habitación incongruente, excedentaria, cuyo espacio dilapidó mi familia en usos cambiantes y caprichosos. Fue primero mi leonera, la ergástula de mis juguetes, mi celda y mi falansterio. Luego la conquistó mi padre, quien dio rienda suelta en ella a su desaforada y súbitamente contraída afición al Scalextric. Las pistas, provistas de peralte y quitamiedos, atravesaban la habitación trazando enrevesados ideogramas. Yo tenía terminantemente prohibido acercarme a aquel circuito de carreras, no fuera a descabalarlo o a dañar los delicados bigotes por los que sorbían el flujo eléctrico los cochecillos. Aprendí así que no hay cosas de niños y cosas de mayores, sino que todo se decide en la pose y los aires. En navidad, no obstante, mi progenitor toleraba que mi madre y yo añadiésemos al Scalextric grandes pedazos de alcornoque que simulaban formaciones rocosas, y bosques de musgo, y un riachuelo de papel de aluminio, haciendo que acampasen allí las figurillas del belén. Tengo ahora a la vista la foto de uno de aquellos belenes: debajo del *bypass*, alfombrado de serrín, estaba el pesebre; la estrella espejeaba sobre la línea de salida y los pastorcillos llevaban sus presentes bajo la amenaza constante de ser atropellados por un bólido. Me pasma no haber relacionado nunca aquellos belenes nuestros con los campamentos de cíngaros y rumanos que proliferaban y siguen proliferando junto a los accesos de la ciudad, al amparo de una vía de servicio, y que la foto evoca tan involuntaria como inequívocamente.

Ahora ese tercer dormitorio es el cuartel general de mi madre, el búnker en el que se encierra a proyectar su *Blitzkrieg* contra la penuria educativa. Tomo uno de los cuadernos de anillas que se hallan por allí apilados, lo abro por una hoja cualquiera y escribo: «Enhorabuena: perteneces a la degeneración mejor deformada». Luego lo cierro, lo devuelvo a su sitio y me dirijo a mi cuarto, a ver qué se le ofrece a su majestad Carlos III.

6

En mi clase había cuatro Álvaros. Representábamos la décima parte del total de alumnos. No había ningún José ni ningún Juan, aunque sí un José Luis, un Juan José y un Juan Antonio. José Antonio, en cambio, no se llamaba nadie. Tampoco Rubén, ni Marcelino, ni Santiago, y mucho menos Jonathan o Christian. Hubo un Borja, pero se cambió de colegio en cuarto. En realidad sí había un Juan, aunque solo para los profesores, porque nosotros lo llamábamos Jon, que es como le llamaba su madre cuando lo recogía en preescolar, y le chinchábamos con una retahíla que decía «Jon, camisón, cabeza de melón». La cancioncilla lo definía de un modo inexplicablemente certero, y a Jon no parecía molestarle.

Había un Pedro, parecido a muchos otros Pedros que he conocido después, por lo que he llegado a pensar que todos los padres que llaman Pedro a su hijo comparten una extracción, unos hábitos y unas expectativas que moldean a sus Pedros de manera semejante, en lugares muy alejados de la geografía española. El nombre de Pedro encerraba una aspiración, un designio, un programa educativo. Seguramente ocurra algo parecido con el nombre de Álvaro. Siempre que tropiezo con algún tocayo de mi edad busco en su rostro y en sus maneras los rasgos que delaten un parentesco social, y generalmente encuentro alguno: un aire reconcentrado que puede confundirse con el mal humor; una estrechez torácica sobrellevada sin complejo y a veces incluso sin consciencia; una pronunciación nasal que nos hace pasar por catalanes; una inhibición en los gestos propia de quien ha descubierto a una edad temprana que no tenía razón.

Cuando hay cuatro Álvaros en una misma clase es fácil confundirse. Por eso, Álvaro fue siempre otro, y yo para mis compañeros siempre fui Velayos. Un curso por encima de mí había un Álvaro Ceballos con el que los profesores me confundían todo el tiempo, porque la identidad profética del nombre, multiplicada por la paronomasia genética del apellido, nos daba un innegable aire de familia. Una vez el hermano pequeño del tal Ceballos me dio un recado en el patio porque me había confundido con él, de frente y a muy poca distancia. Por cosas así yo he llegado a pensar que allí daba igual quiénes fuéramos, que nuestras clases eran intercambiables, que en cada promoción las cartas se barajaban pero el mazo seguía siendo el mismo, y aunque hubiera otros José Luises y otros Juan Antonios y otros Pedros y otros Álvaros, el acorde que producíamos todos juntos sonaría siempre igual.

Los profesores nos llamaban por el apellido, y así nos identificábamos muchas veces unos a otros. Hubo apellidos que perdieron sus aristas en ese manoseo corriente y asumieron una forma más familiar: Tole, Nava, Larra, Posti. Los apellidos vulgares desaparecían: al cabo de pocos años nadie recordaba ya que el primer apellido de Chinchilla era Sánchez, o Pérez el de Elizalde. La excepción era Rodríguez de Mier, quien siempre respondió al patronímico indiviso «Rodríguez de Mierda».

Entonces no se veían en las listas de clase apellidos desarraigados y cosmopolitas, esos apellidos de las novelas de fuste, que más que novelas parecen recepciones de embajada: De Ville, Meneer, Van Morrison, qué sé yo. No había en aquellas aulas españoles de adopción, salvo el Chino —que en realidad no era chino— y otro chico de sexto que venía de Cuba y por lo tanto no contaba. Sí, es verdad que, con una frecuencia pasmosa, al primer apellido, el del padre, siempre plebeyo, lo seguía un apellido materno algo más distinguido, o si acaso menos castellano: Bolívar, Elizalde, Fuster, Iturbide, Larrañaga, Santurino... Hacía pensar que todos éramos el producto de un modesto braguetazo, de la alianza entre el mercenario mesetario y las hijas de pequeños comerciantes hacendosos. En esa encrucijada de apellidos nos habían soltado a nosotros, a que buscásemos la solución del dilema que nos dejaban en herencia: cómo ganarnos la salvación a través de la codicia.

Aquel mismo día en que nos pusieron el documental sobre la hecatombe intrauterina, después de comer, volvíamos a tener clase con don Donato, esta vez de Religión. Al otro lado de la ventana el cielo se iba poblando de cirros con forma de vísceras. La cartera de cuero de don Donato sesteaba al pie de la mesa. Pasadas las cuatro de la tarde, superada la hora tonta de la sobremesa, muchos empezábamos a mirar el reloj con frecuencia obsesiva; a partir de las cuatro y media los que tenían alarma la ponían a intervalos de cinco minutos con la esperanza insensata de que el profesor creyera que había perdido la noción del tiempo y nos dejara salir antes.

Para entender lo que sigue ha de saberse que al fondo la clase terminaba en una repisa de obra, un poyete de azulejos donde algunos alumnos dejaban un diccionario o una tartera vacía, o algún otro objeto que no temieran extraviar y que no cupiese en la cajonera. Sobre él se habían atornillado unos listones con ganchos para los abrigos, aunque casi todos los colgábamos en el respaldo de nuestras sillas. Pues bien, cuando estábamos terminando de corregir los ejercicios que habían mandado en la clase anterior, Toledano, que era uno de los que se sentaban en la última fila, se puso en pie violentamente, derribando la silla, y gritó «¡Joder, la leche, qué asco!».

Toledano señalaba algo que había en la repisa; quienes estaban junto a él también se levantaron, y don Donato, que había comenzado con las protocolarias llamadas a la disciplina, no tardó en comprender que ocurría algo serio, por lo que avanzó hasta el fondo de la clase.

Como yo me sentaba en la otra punta no pude verlo bien, pero Mínguez, que estaba muy cerca, y Quique, que lo atisbó de más lejos subido a su silla, me dijeron que era un ojo fenomenal, lustroso, casi perfectamente esférico y con parte del nervio óptico pegado todavía. Mínguez nos contó que lo había empujado un poco con el boli, y que no había visto sangre, pero sí un rastro de humedad, como la baba de un caracol. Conforme se corría la voz de que era un ojo, muchos tuvimos una reacción que ahora me parece cómica, pero que no era por completo irracional, y que consistió en mirarnos unos a otros para comprobar si alguno se había quedado tuerto de repente. Al final todos nos levantamos y nos pusimos de puntillas tratando de contemplar el prodigio.

—¡Está frío! —dijo uno que se había atrevido a tocarlo con el dedo. Don Donato no parecía saber qué hacer y concentraba sus esfuerzos en contener el corrillo de estudiantes. Inquirió con voz indecisa de quién era aquello y, pasado un minuto de vacilación, pidió un trozo de cartulina. Alguien arrancó la tapa de un cuaderno de anillas y se la tendió. Don Donato la dobló por la mitad, formó una pinza y alzó con ella el ojo; luego puso la pinza boca arriba y aflojó la presión para que el ojo resbalase hasta el fondo de la doblez. Con cierta solemnidad abandonó la clase y nunca supimos qué hizo con aquel ojo, ni cuánto tiempo había estado observándonos este por la espalda.

Algunos aprovecharon la interrupción para ir al aseo, pero la mayoría nos quedamos comentando lo ocurrido. Yo suponía que se trataba de un secuestro, porque cuando secuestran a alguien generalmente le cortan una oreja o un dedo para convencer a los parientes de que paguen el rescate. Lo que no me cuadraba era que en este caso no hubiera ninguna nota con las instrucciones para hacer la entrega de dinero.

—No sé, macho —dijo José Luis—. Yo creo que si ETA hubiera secuestrado a alguien, habría salido en las noticias.

—A menos... —Indiana Mínguez titubeó un segundo, pero luego puso cara de velocidad—, ¡a menos que ya esté muerto!

Era una explicación absurda que en aquel momento me pareció una explicación brillante. Si le sacasen un ojo a una víctima de asesinato, probablemente lo sabrían solo los policías encargados de la investigación. Sería secreto de sumario, o algo así. El asesino podría haberlo colocado en nuestra clase como un aviso que solo podría entender alguien que estuviera en el ajo. Allí había un crimen planeado por una mente tan privilegiada como malévola, un caso que no debía de ser sino la parte visible de una confabulación misteriosa de proporciones inconmensurables. Con ramificaciones satánicas, probablemente.

Don Donato regresó muy ufano, y nos sentamos en nuestros sitios.

—He estudiado el ojo con don Antonio —don Antonio era el profesor de Biología de tercero de BUP— y estamos seguros de que es un ojo de vaca. Como vosotros sois todos unos borregos, podemos estar tranquilos.

Don Donato no solía ser gracioso, por lo menos no de forma voluntaria, así que aquello de los borregos nos pareció descacharrante. Yo me quedé algo chafado porque no era lo mismo investigar el asesinato de una persona que el asesinato de una vaca. Las vacas no tenían alma inmortal y uno podía matarlas alegremente. De todos modos convenía que la agencia Mascarada indagase en el asunto. ¿O es que era totalmente anodino que un ojo de vaca se materializase en plena clase de Religión en el tercer piso de un colegio?

La clase prosiguió en un ambiente de extraña placidez, dadas las circunstancias. Terminamos de corregir los ejercicios y aprendimos la diferencia entre las virtudes teologales y las virtudes cardinales sin que nadie hiciera sonar la alarma del reloj. A las cinco y cuarto estábamos recogiendo y poniéndonos las cazadoras cuando don Donato dio una de esas voces investidas de autoridad que lo dejan a uno clavado en el sitio. No gritó, sino que dejó de meter papeles en su cartera de cuero, se irguió y habló como conteniendo palabras más fuertes, ni muy alto ni muy bajo:

—Un momento, un momento. No tan deprisa.

Todos dejamos lo que estábamos haciendo y lo miramos desconcertados.

—¿Quién ha cogido la cinta? La cinta de *El grito silencioso*. Estoy seguro de que la tenía en la cartera y... —miró de nuevo, antes de continuar— y ahora no está.

Silencio espeso de juramentados.

—Si es una broma, me la devolvéis ahora y nos vamos tan tranquilos.

Nadie dijo nada. Don Donato estudiaba la situación y nosotros estudiábamos a don Donato sin estar completamente seguros de que fuéramos inocentes. Al cabo de unos segundos repitió la oferta; como no hubo ninguna reacción, adoptó un soniquete pasivo-agresivo que nos sabíamos de memoria.

—Muy bien. Podéis sentaros, entonces. De aquí no salimos mientras no aparezca.

Aunque no se cortasen orejas ni se sacasen ojos, aquello también podía verse como un secuestro. La estrategia, conocida por el Viet Cong, los Jemeres Rojos y el Tribunal de Orden Público, consistía en torturar a toda la comunidad hasta que se quebrase por su eslabón más débil. Había tres resoluciones posibles. Una, que alguien —el susodicho eslabón más débil— se sacrificase por el bien colectivo y asumiese una culpa que no era suya. Pasado cierto tiempo, cualquier castigo que pudiera infligirnos un profesor —un negativo en el expediente, una tarea suplementaria o la prohibición de salir durante el recreo— parecía más llevadero que perder un segundo más de libertad. Esta autoinmolación era lo que ocurría con más frecuencia, pero quedaba descartada en las presentes circunstancias porque no bastaba con inculparse, sino que además había que restituir la cinta de vídeo, y para tenerla había que ser culpable de verdad. La segunda solución era que confesara el auténtico responsable, lo cual no solía ocurrir porque en nuestra clase los culpables no eran unas monjas clarisas sino unos hijoputas sin escrúpulos capaces de contemplar cómo violaban a su abuela sin mover un músculo, a menos que fuera para pedir la vez. En esos momentos quienquiera que hubiera robado la cinta debía de estar paladeando con delectación la ansiedad de sus compañeros y transformándola en glucosa. La tercera posibilidad era que otra persona señalase al culpable, o que un compinche traicionase a su jefe. Esto no solo era improbable, sino que para nosotros resultaba de todo punto inverosímil. Por mucho que el colegio hiciera por convertirnos en unos chivatos —y hacía realmente todo lo que podía—, nosotros todavía habríamos preferido el suicidio colectivo.

Había una extraña conciencia de grupo en nuestra clase. En cualquier clase, imagino, con esos lazos fraternos que unen a los que se han revolcado en la misma arena y han comido de la misma plastilina. Los marginados, por ejemplo, eran unos parias, pero eran nuestros parias, y poco apego a la vida debía de tener quien nos disputase el derecho a amargarles la existencia. Un día Toledano y otros dos cogieron por banda a Yáguer, le metieron los pies en la papelera y lo tiraron rodando escaleras abajo. Recorrió solo un tramo de escalones, pero se quedó tirado en el descansillo unos segundos, como en las películas, con un verdugón en la frente y los pantalones manchados de Nocilla. Al Chochito también le habíamos hecho de todo: lo más normal era ponerle chinchetas en la silla, o escupirle en la comida, o bajarle los pantalones en la clase de gimnasia, o esperar a que se agachase para beber en la fuente y pegarle una patada en el culo gritando «¡no mames!» con la pretensión —ignorada por uno mismo— de que se rompiera los dientes con el grifo, y un día se los rompió de verdad. Pero una vez que uno del A le pegó fuego al flequillo del Chochito, Toledano y Rodríguez de Mierda lo esperaron a la salida y le dieron una buena tunda. Cuando se cansaron de golpearle y lo tenían inmovilizado en el suelo, Toledano cogió una jeringa que había por allí, se la puso al del A a un centímetro del cuello y le dijo que si no quería morir de sida tenía que jurar que no volvería a tocar a ninguno de nuestra clase.

Habíamos pasado siete minutos en silencio. A través de las ventanas nos llegaban amortiguadas las risas y conversaciones de los niños de otros cursos, que ya habían salido al patio. Junto a mí, Postigo había extendido los brazos sobre la mesa y había echado la cabeza sobre ellos, como preparándose ya para hacer noche. Otros, en cambio, íbamos comprendiendo que don Donato no conseguiría retenernos mucho más. Si fueran las once y cuarto de la mañana podría habernos hecho perder todo el recreo con la guerra psicológica, pero eran las cinco y veinticinco pasadas, y no éramos nosotros los que empezábamos a impacientarnos, sino nuestros hermanos pequeños, a los que debíamos acompañar al autobús; o nuestros padres, que esperaban aparcados delante del colegio; o los profesores de asignaturas extraescolares; o nuestras madres, que se preguntaban si nos habríamos ido a los recreativos en lugar de volver flechados a casa como nos tenían dicho un millón de veces.

Don Donato sabía esto y sabía que, de continuar con esa táctica, en cualquier momento entraría un padre echando chispas. Durante los primeros cuatro minutos de tenso silencio había revisado otras dos veces su cartera de cuero, y en los últimos tres no había dejado de echarle miradas de desconfianza, como si estuviera compinchada en la desaparición de sus recuerdos vacacionales y del documental sobre los crímenes en masa de las sociedades carentes de valores cristianos, preguntándose quizá si no habría sacado él la cinta, porque a cierta edad uno empieza a olvidarse de las cosas y a buscar las llaves del coche por todas partes, hasta reparar en que se las ha dejado puestas en la cerradura y le han mangado la radio. Así que, antes de que entrase ningún padre hecho un basilisco, don Donato dejó de lanzar miradas de reproche a su cartera y pasó a la ofensiva con una maniobra bastante deshonrosa que consistía en el registro discrecional de cajoneras. Seleccionó a los ocho o diez alumnos más sospechosos, les ordenó que se pusieran de pie y miró debajo de sus mesas, donde dejábamos los libros que no necesitábamos llevarnos a casa y los chicles que queríamos seguir mascando al día siguiente. Encontró un paquete de Fortuna con dos cigarrillos y una medianoche con fuagrás que Jon había dado por perdida hacía tres semanas, pero no la cinta de vídeo. En cada uno de estos registros infructuosos a don Donato se le escapaba la dignidad a chorros y le salía a la cara un poco más la impaciencia, de modo que, antes de perder los estribos y hacer algo irremediable, nos mandó recoger y salir en fila de a uno, pero mostrándole uno tras otro el interior de nuestras mochilas. Él miraba por debajo de sus gafas, sin darle demasiada importancia, como si esa inspección fuera ya una forma suficiente de castigo, a no ser que la mochila perteneciera a uno de los sospechosos habituales, en cuyo caso dedicaba unos segundos a abrir todas las cremalleras, metía la mano para apartar los cuadernos y terminaba despachando al estudiante con un gesto de irritación indisimulada. Cada mochila vacía le convencía un poco más de que se había dejado el vídeo en otra parte, probablemente en la sala de profesores, o quizá en la misma biblioteca.

Mínguez salió corriendo escaleras abajo, porque tenía dos hermanos chicos a los que recoger. Antes iba a buscarlos a los tres la asistenta, pero a principios de curso Mínguez se había plantado y había dicho que se encargaría él para no parecer un panoli, porque en efecto empezaba a parecerlo. José Luis y yo, como tantas tardes, fuimos juntos a coger el 30, y Quique, que vivía cerca del Retiro y subía andando la avenida de Nazaret, nos acompañó hasta la parada del autobús.

—Joder, qué tío más brasa —dijo—. Creí que iba a meterme la mano en el pantalón para ver si tenía la cinta en el escroto.

—Qué decepción, ¿no? —le pregunté, por provocarlo. Quique reaccionó de inmediato, como si solo hubiera estado esperando la ocasión, frunciendo el ceño pero mordiéndose a la vez los carrillos por dentro para disimular la sonrisa.

—Pues no, julay de mierda, decepción la tuya, que estabas deseando que te cachease porque habría sido lo más parecido a una experiencia erótica que tendrás en tu vida, y cuando seas viejo te la cascarás recordando aquel día en que Ramírez se sentó en tu cara. Espera un momento...

Quique interrumpió su invectiva para entrar en la panadería del barrio, donde preguntó si tenían alguna palmera rota. «Anda que no tienes morro tú», le dijo la panadera, y le tendió un trozo de hojaldre cubierto de chocolate. Al llegar a la parada del autobús encendimos unos Ducados. Quique tenía el cigarrillo en una mano y el trozo de palmera en la otra. Él y yo habríamos deseado que alguno de los acontecimientos de esa tarde nos hubiera permitido convocar una vez más a los integrantes de la agencia Mascarada para una nueva aventura, pero admitíamos de mala gana que no había mucha tela que cortar. Seguro que don Nonato se había dejado la cinta dentro del vídeo; al menos ninguno de nosotros le había visto sacarla. Y el ojo, por desgracia, no pertenecía a ningún secuestrado, sino a una vaca, y no era razonable ponerse a buscar vacas tuertas por Madrid. «Esto no es el Bierzo...», decía José Luis, que tenía familia allí.

Yo les explicaba que podía haber hechos sobrenaturales detrás de detalles anodinos. Estamos acostumbrados a que desaparezcan calcetines, bolígrafos, mecheros, pero nadie sabe adónde van, se pierden muchos más de los que encontramos fortuitamente. Según había leído en una vieja edición española del *Reader's Digest*, un americano tenía la teoría de que todos esos objetos existen en un espacio interdimensional, algo así como una pleura que envuelve este universo y que constituye un mar de sargazos pseudo-concreto. Allí se amontonan todos los objetos que alguna vez extraviamos, y desde allí, regidos por leyes azarosas, pueden migrar a cualquier otra ubicación. Una moneda romana del siglo II había aparecido enterrada en la selva guatemalteca; un agricultor de Wisconsin llevó el tractor al taller y el mecánico extrajo del motor un mondadientes con forma de estoque fabricado en Toledo; una enfermera de un hospital de Cleveland encontró dentro de un viejo expediente una litografía que Andy Warhol había realizado en su adolescencia; una calle de Portland, Oregon, amaneció cubierta de pescado fresco en 1967...

—Claramente alguien se ha llevado la cinta —me interrumpió José Luis, que hasta entonces había escuchado sin decir palabra—; lo del ojo era una maniobra de distracción, como cuando mueves mucho una mano para que nadie se fije en lo que haces con la otra.

José Luis era algo aficionado al ilusionismo. En un cumpleaños una tía suya lo había llevado a la tienda que el mago Juan Tamariz tenía en un piso del barrio de Salamanca, y le había comprado algunos libros y barajas trucadas. Cierto día, en clase, José Luis dio a escoger una carta a un voluntario y le pidió que nos la mostrase sin que él la viera: el seis de copas. Luego le indicó que volviera a meterla en el mazo de cartas, barajó, se quedó un poco desconcertado y, cuando todos creíamos que el truco le había salido mal y que tendría que empezar de nuevo, se puso muy tieso y sacó de su boca un cartoncito que era un seis de copas en miniatura. La ovación fue apoteósica porque era un truco de altura televisiva, no uno de esos juegos de manos archisabidos que hacen los tíos políticos para congraciarse con sus sobrinos, y que consisten en pasar una moneda de una mano a otra sin que se note o en fingir la desaparición de un cigarrillo deslizándolo detrás de la oreja. Pero a mí sobre todo me impresionó ese segundo de vacilación, esa simulación del fracaso que era una forma de resarcirse de todos los fracasos anteriores y que, al mismo tiempo, ponía en evidencia nuestra falta de fe en su triunfo. De José Luis era de quien menos podía esperarse una puesta en escena o una reacción sobreactuada, y él había hecho de la modestia una forma de teatralidad no menos efectista. La misma impresión me produjo oírle explicar esa tarde, como si no tuviera la menor importancia, que a veces la forma de ocultar un crimen es cometer otro.

7

Por una curiosa coincidencia José Luis, Quique, Indiana Mínguez y yo vivíamos en un cuarto piso, pero a pesar de vivir todos en un cuarto piso y de ir al mismo colegio, nuestras casas olían distinto. La mía no olía a nada, mientras que las demás tenían un aroma indefinible pero al mismo tiempo intransferible, que solo se percibía durante el primer minuto que uno estaba en ellas. Yo me figuraba cada una de esas casas como el armarito en el que mi madre guardaba las especias y las infusiones, cuyo olor respondía a una complicada ecuación en la que se sumaban, sustraían y multiplicaban los olores de cada uno de los botes. José Luis tenía una hermana menor y una abuela que vivía con ellos, y eran ellas probablemente las que aportaban los aromas diferenciales al apartamento. La abuela, por lo menos, evolucionaba sin lugar a dudas sumergida en una nube de partículas tan densa que resultaba prácticamente tangible. No se perfumaba por coquetería, sino que era su nuera, la madre de José Luis, quien la aseaba, la lavaba con un jabón de lavanda, la peinaba, la rociaba con perfume y le echaba laca para que siguiera pareciéndose a sí misma y no oliera a orines. La abuela de José Luis vivía en una región mental en la que ya no paraba el tren.

—Me bajo a hacer la compra —nos dijo la madre de José Luis—, os dejo de jefes.

Aunque vivíamos a distintos lados de la calle Marroquina, José Luis y yo nos bajábamos en la misma parada del autobús. Yo iba muchas tardes a su casa porque mis padres volvían a las tantas del trabajo y me aburría solo. Invadíamos el cuarto de su hermana, nos tirábamos por los suelos y echábamos partidas de juegos de mesa. Había una estantería con libros infantiles, una lámina terrorífica de un niño payaso y alguna muñeca a la que me gustaba torturar, pero faltaban los ponis de juguete y los regimientos de Barbies neurasténicas que yo creía preceptivos en los dormitorios de chicas. A la abuela le sacaban una cama nido, mientras que José Luis dormía en el sofá cama del cuarto de estar. Entonces yo no me daba cuenta, pero debía de hacer falta una intendencia de submarino para que se pudiera circular por aquel piso chiquito y desgastado.

La madre de José Luis se llamaba Merche y era una mujer de tez morena con el pelo muy negro, que solía llevar recogido en una cola de caballo. Muchos años más tarde, al entrar inopinadamente en nuestra parroquia, mi madre reconocería aún sus ojos vivos. Cuando volvíamos del colegio nos hacía la merienda cortando un poco de barra de pan y metiendo dentro onzas de chocolate. Luego nos daba un vaso de leche y aprovechaba para bajarse a la galería de alimentación, porque el resto del día andaba liada con su suegra, la abuela de José Luis.

A esas horas la abuela solía estarse tranquila delante del televisor, mirando sin ver las tertulias de media tarde o las corridas de toros, haciendo con la mandíbula un movimiento bovino, como si rumiase una idea negra o como si extrañara la dentadura postiza. A veces se levantaba y deambulaba por la casa buscando algo que no aparecía, y a pesar de su mutismo le salía la angustia a la cara. No había que cambiarle la cadena de la tele: una tarde pusimos *El equipo A* y en cuanto empezaron a explotar coches trató de abrir la puerta de la calle, que era algo que le tenían prohibidísimo.

Cuando no podíamos ver la tele, jugábamos a Hundir la Flota, como hacíamos también en el colegio, donde dibujábamos las posiciones de nuestros barcos entre clase y clase, pero en su casa José Luis tenía la versión de tablero, con barcos de verdad. O sea, de verdad no, de plástico, pero eran más de verdad que los barcos rectangulares del cuaderno, porque esto de la verdad tiene su truco y su escalafón. A José Luis y a su hermana les regalaban todas las navidades juegos para dos jugadores como Hundir la Flota, tres en raya o Quién es Quién. Aquellos juegos suyos no necesitaban pilas, y con ellos se tenía entretenidos a los dos hermanos por el precio de uno, pero cuando íbamos Quique o yo a su casa se podía jugar también al Cluedo, que alguna vez fue mi preferido porque era un juego de detectives. Aquel día yo me hice el remolón diciendo que ya no teníamos edad para juegos de mesa, pero María, la hermana de José Luis, aseguró que solo sería una partida, así que acepté.

María se pidió, como siempre, la Señorita Amapola. Yo quería ser el extravagante Doctor Mandarino, pero como el juego era de José Luis tuve que cedérselo y contentarme con el Marqués de la Marina. La investigación seguía un protocolo singular. No se trataba de rastrear indicios, sino de deducir lo que los otros sabían o urdían a partir de sus movimientos o de las cartas que mostraban. María movió su ficha y arriesgó una explicación.

—Creo que fue el ama de llaves, con una cuerda y en la biblioteca.

Yo me incliné hacia ella y le enseñé con mucho secreto la carta de la cuerda: al no estar dentro del Sobre del Enigma, su suposición tenía que ser incorrecta. Un rato después el peón de José Luis entró en el comedor y sugirió que el Señor Pizarro había asesinado allí al Doctor Lemon con la pistola. María le enseñó una de sus cartas: tenía que ser la del Señor Pizarro, porque la pistola la tenía yo. Miré mi hoja de anotaciones y dije:

—Me la juego.

Escribí mi hipótesis en un papel y saqué el contenido del Sobre del Enigma. Estaba en lo cierto. El asesinato se produjo en la biblioteca, el arma fue el candelabro, y el asesino —dije— soy yo.

En el Cluedo ocurría algo que alguna vez me pareció el colmo del ingenio pero que con el tiempo terminó por hacérseme fastidioso, y es que, en función de cómo viniera el naipe, el investigador podía ser al mismo tiempo el criminal. No me había ocurrido muchas veces, y en esta ocasión me quedé dudando por primera vez si había ganado o había perdido.

—Hala, ya está.

Había que convenir que la investigación del Cluedo tenía algo de visionario y trascendente, porque el asesinato era siempre el mismo mientras que eran las circunstancias y los asesinos los que variaban. El Doctor Lemon moría sin parar, lo estaban matando todo el rato en millones de hogares de todo el mundo, igual que a Jesucristo lo crucificaban una y otra vez con el menor de los pecados mortales. Unas veces lo asfixiaban, otras le pegaban un tiro, otras le aplastaban el cráneo con un candelabro y otras lo apuñalaban, pero el Doctor Lemon no tenía evangelio, de modo que no se sabía por qué causa moría ni de qué nos redimía su constante inmolación. El doctor Lemon era un pobre diablo o un completo gilipollas, y yo descubrí con amargura que había perdido la fe en él, que ya no veía motivos para seguir investigando su muerte, por no hablar de que aquella pequeña liturgia de cuchicheos difícilmente podía calificarse de investigación.

En cambio, ese día habíamos sido confrontados a una incógnita verdadera por la que valía la pena interesarse. María aguzó visiblemente el oído mientras yo recapitulaba la aparición del ojo y la sustracción de la cinta, preguntándome en voz alta —porque la pregunta se dirigía en realidad a José Luis— cómo alguien podía haber colocado el ojo al fondo de la clase y, sin que nadie se diera cuenta, avanzar hasta la mesa del profesor y abrir su cartapacio.

—A lo mejor era de cristal, el ojo —dijo María.

En una serie de aventuras que echaron por la tele un verano, cuando ella era pequeña, había visto un perro con un ojo de cristal que luego su dueño perdía jugando a las cartas.

—Solo que el nuestro era un ojo de vaca —dijo José Luis.

—Un ojo auténtico —reformulé yo, dándome pisto.

María nos preguntó qué había en la cinta de vídeo. José Luis y yo pensamos en el muslo de una mujer a la que le estaban metiendo un manubrio por el potorro, en cubos de plástico llenos de algo que parecían espaguetis a la boloñesa, en las bolingas pindongas de la hija quinceañera del Nonato, y en cómo antes de acometer una voltereta lateral se había estirado la parte baja del bañador deslizando el índice entre la goma y la nalga.

—Nada. Un documental de bichos.

José Luis había terminado de guardar las cartas y las fichas del Cluedo en su caja, y, sentado junto a mí en el suelo, hacía rebotar contra la puerta del armario una pelota de goma. A pesar de que le habíamos respondido con displicencia, María no se dio por vencida:

—A lo mejor había algo más, algo al final o al principio de la cinta, como de espías.

María tendría entonces del orden de doce años. Su pelo, lacio, más claro que el de su hermano o su madre, estaba cortado justo por encima de los hombros. Iba a un colegio mixto que quedaba muy cerca. No le hacían llevar uniforme, pero muchas tardes volvía a casa con el chándal de Educación Física, un chándal rojo con tres bandas blancas a lo largo de los brazos y las perneras, y una camiseta blanca de mangas muy cortas; en la pechera tenía bordado el logotipo de una marca de ropa hoy desaparecida. María era gestera, tenía unos ojos grandes y expresivos, y a mí me daba un poco de pena porque, como iba a un colegio público, lo más probable es que terminara cayendo en la prostitución o muriendo en un solar con la jeringuilla colgando del brazo. ¡Si al menos viviera en un hogar cristiano que equilibrase la influencia perniciosa de aquel entorno educativo laico y socialista...! Pero la familia de José Luis, por lo que había podido deducir, no vivía el cristianismo con el fervor necesario para sobreponerse a las fuerzas del mal. Muchas veces me habían invitado a cenar y había visto que se limitaban a desearse buen provecho, en lugar de bendecir la mesa. También había notado que en casa de José Luis no había láminas marianas ni se ponía el nacimiento por navidad. El único símbolo cristiano que había podido localizar estaba en un lugar íntimo y discreto, casi escondido, como si a su familia le avergonzase proclamar su fe en público. Se trataba de una crucecita sencilla, de cobre o de latón, de poco más de un palmo, montada sobre un cubo de piedra blanca. Al pie de la cruz había un lacito azul celeste, polvoriento, que llevaría allí anudado muchos años y que producía un contraste indigno. Estaba en el cuarto de los padres de José Luis, en el cabecero de la cama, donde lo había visto una vez que su madre, Merche, me pidió que dejase allí unas sábanas que acababa de planchar. Parecía uno de esos crucifijos que se venden en las tiendas para turistas que hay delante de la catedral de Toledo, y no me imaginaba que nadie le pudiera dirigir seriamente sus plegarias.

El día en que santa María visitó a su prima santa Isabel, esta se hallaba embarazada de san Juan Bautista, y cuenta el Evangelio que el niño nonato dio un salto en el útero al sentir acercarse a la madre de Dios. De manera parecida sentía yo algunas veces cómo el instinto detectivesco daba saltos dentro de mí ante la presencia de un nuevo misterio o de una pista crucial. Cuando María dijo que la cinta podía contener algo más, algo que nosotros no hubiéramos visto o no hubiéramos sabido interpretar, mi instinto detectivesco exclamó «cuate, aquí hay tomate», y comencé a pensar en voz alta sobre cómo, con un poco de maña y papel celo, alguien podría haber empalmado un trozo de cinta suplementario; también era posible que, al reproducirse en sentido inverso, la bobina contuviera un mensaje cifrado, igual que ocurría con algunos discos de vinilo, que si los ponías al revés se oía un conjuro que invocaba a Satanás; o bien podría haber interferencias que encubriesen una rápida secuencia en morse; había oído hablar, en fin, de un aparato con el que las ondas sonoras dibujan una especie de gráfica o de esquema, y era posible que el ruido blanco del final de una grabación produjera, al trasladarse al papel continuo, un mapa de Rusia con la posición exacta de los silos nucleares.

—Ya —dijo José Luis—; se llama espectrograma, pero no sé si puede imprimirse. Yo creo que tú estás pensando en un sismógrafo. Además, macho, en la cinta estaba todo bien clarito. Se la habrá llevado alguien para estudiar el documental... a su aire.

Esto último lo dijo José Luis con un tono socarrón, y María no pudo dejar de olerse que no le habíamos contado toda la verdad. Me dejé resbalar hasta quedar tumbado sobre el parqué, un parqué amarillo, comido por el sol, que en alguna esquina presentaba el cerquillo de un tiesto.

En eso oímos el ruido que hacía el cerrojo al descorrerse. Era la madre de José Luis, que volvía de la compra. María se levantó y salió de la alcoba, mientras mi amigo y yo sacábamos los libros de texto y simulábamos haber estado haciendo los deberes. Abrí el libro de Historia, pero me distraía mi san Juan Bautista particular, quien, sentado en la boca del estómago, se preguntaba qué podía ser más digno de empeño que especular sobre mensajes cifrados, crímenes sin resolver, espías infiltrados e invasiones alienígenas. Aun cuando todos los casos se nos resistieran y fuera probable que no llegáramos a resolverlos nunca, a Quique y a mí nos fascinaba examinarlos desde distintos ángulos, observarlos al trasluz, añadir datos tangenciales leídos en un recorte de periódico y dejar muy bien atados los cabos de teorías completamente especulativas. Mínguez también disfrutaba visiblemente de esas aventuras mentales, aunque a él lo que más le gustaba era conculcar el reglamento del colegio, husmear donde no debía e imponer la acción inmediata, que muchas veces era arriesgada y casi siempre infructuosa. Ninguno de los tres entendía que pudiera haber empresas más importantes ni asuntos más merecedores de nuestra atención.

José Luis había sido tan afecto a la agencia Mascarada como el que más. Fue él, de hecho, quien propuso el nombre que acabó imponiéndose en una votación acalorada, a despecho de Mínguez, cuya sugerencia, «Departamento de Investigación Criminal», era todavía más rimbombante. Pero de un tiempo a esta parte, la investigación criminal parecía haber perdido la capacidad de seducción que un día tuvo para José Luis. Yo trataba de que este pusiera su inteligencia al servicio del bien —el bien éramos nosotros—, y lo que a él más parecía divertirle era pisotear nuestras hipótesis con su racionalidad implacable. Un espectrograma. ¿De dónde sacaría esas cosas? Los trucos de magia eran la única excentricidad que José Luis se permitía y, bien mirado, eran lo contrario de una excentricidad: eran la doma del misterio, la réplica del milagro, la banalización de lo excepcional.

Merche se asomó a nuestro cuarto.

—¿Sin novedad en el frente?

—Sin novedad.

Nos pusimos a hacer los deberes en serio, o mejor dicho José Luis se puso a hacer los deberes en serio y yo me dediqué, también en serio, a copiar en mi cuaderno sus respuestas. Las únicas asignaturas en las que yo sacaba notas decentes eran Inglés, Religión y Lengua, pero mi padre decía que eso no contaba y que conmigo estaban tirando el dinero.

A eso de las ocho terminamos, echamos una última partida de Hundir la Flota y luego dije «me piro, tronco». Recogí mi mochila y me dirigí a la puerta del apartamento. Antes de salir me detuve un segundo para despedirme, con la puerta abierta, de la madre de José Luis. Fue un instante, pero un instante multiplicado por las decenas de veces que estuve en aquella casa, que se solapan en mi memoria formando una larga pausa contemplativa. De pie, en primer término, con una chambra o un vestido floreado, de trapillo, planchaba Merche; en el sofá —listones de pino, cojines naranja— María leía una novela de *Los Cinco* y, a su derecha, la televisión y la abuela se miraban una a otra sin verse.

8

«Los niños odian las cosas pueriles porque son hombres de verdad». No sé dónde leí esa frase, pero no me la quito de la cabeza mientras revivo mentalmente mi prehistórica Edad de Tiza, ese periodo bárbaro que no figura en los libros de Historia reciente. No sé dónde leí esa frase, que sin duda copio de forma inexacta, pero lo más probable es que fuese uno de los aforismos que aparecían a diario debajo de la cabecera de *El Mundo*. Este periódico empezó a venderse por aquellas fechas y desde el principio proponía frases célebres que algún becario extraería al azar de centones polvorientos. El caso es que mi padre, que hasta entonces había leído *Diario 16*, se hizo rápidamente adepto de *El Mundo* y comenzó a coleccionar aquellas píldoras de sabiduría multiuso. Lo primero que hacía al comprar el diario era amputarle la mancheta, recortándola con las uñas. Luego, cada equis días, se sentaba delante del ordenador —un IBM PS/1— y transcribía las citas en una base de datos, con su autor. La base de datos fue migrando de ordenador en ordenador, y ahora que he vuelto a la que fue su casa descubro que sigue existiendo, y la he consultado para averiguar quién predijo mi verdad sobre los niños —sobre los niños varones, al menos; en lo que respecta a los otros, me inhibo—. No he logrado localizar ninguna frase parecida.

Lo que sí he encontrado ha sido una orla, un pliego con las fotos de mi promoción el año en que terminamos la Educación General Básica, y no veo apenas niños. Son muy pocos los alumnos que allí presentan la mirada despreocupada y expectante que los niños deberían tener.

Cuando aparece, desde luego, es luminosa, y explica a veinte años de distancia el poder gravitacional de algunos compañeros, el magnetismo de ciertas personalidades, que debía de proceder de un universo interior rico, coherente y bien ventilado. Haciendo abstracción de esas excepciones —que son exactamente dos—, lo que esa plana de fotos de carnet presenta es un pelotón en posición de disponga usted. Los labios apretados, la mirada obediente, el gesto de determinación y aun en ocasiones de declarado matonismo. Dos o tres desvían la mirada del objetivo, en una expresión que es difícil no interpretar como abatimiento.

Busco entre las hileras de fotos la de José Luis. No aparece.

9

—Bienvenido a esta venerable institución.

Un niño de sexto había decidido que el propósito de su existencia, por lo menos durante aquel curso, consistía en apostarse junto a la puerta de entrada para recibir cada mañana a los alumnos, padres y profesores que entraban en el recinto, siempre con las mismas palabras.

—Bienvenido a esta venerable institución.

Hacía una excepción con un alumno dos o tres años menor que él, al que volvía loco taladrándole con una mirada demente y diciéndole en un susurro «tú eres el Elegido».

El colegio ocupaba un terreno irregular, en lo que muchas décadas antes había sido sin duda una zona escabrosa que, pocos metros al este, se despeñaba abruptamente en la cuenca del arroyo Abroñigal, un afluente del Manzanares del que ya nadie tenía memoria, pues había sido sepultado por la M-30, la primera y en aquellos años todavía única autopista de circunvalación de la ciudad. Quien entrase en el recinto escolar tenía, después de ser bendecido por el estudiante de sexto, tres opciones: adentrarse en la zona de preescolar, a la izquierda; entrar en el vestíbulo de dirección, de frente, o bajar unas escaleras muy anchas que, por el lateral derecho del edificio, conducían al patio. A la derecha de esas escaleras asomaban cuatro cipreses, que crecían encajonados entre ellas y la tapia exterior del colegio. Como el colegio se llamaba Hayedo, muchos llegamos a la mayoría de edad creyendo que los cipreses se llamaban hayas, y que los árboles que nos saludaban por las mañanas inclinando cortésmente sus copas no simbolizaban la muerte y la melancolía.

Esa zanja o callejón que hacía de alcorque para los cipreses guardaba en algunas partes cerca de metro y medio de desnivel por debajo de las escaleras, y allí nos reuníamos algunas mañanas para fumar, aunque cualquiera podía asomarse por encima del murete de ladrillo y descubrirnos. Aquel día —era un viernes húmedo de finales de febrero— Indiana Mínguez quemaba una nube con su mechero Zippo. Nosotros las llamábamos nubes, pero Quique las llamaba *marshmallows* porque, como ya he dicho antes, cuando estaba en quinto su padre se fue a trabajar un año a Estados Unidos y lógicamente se llevó a la familia. Quique regresó de allí con un equipaje de palabras extrañas y con la peregrina teoría de que el inglés tiene unas cuantas vocales más que el castellano, e incluso algún sonido que los españoles nos empeñamos en pronunciar como una vocal y que en realidad es un gruñido. Nadie le daba mucho crédito, y menos que nadie nuestros profesores de Inglés, que le ponían unas notas mediocres.

—Bienvenido a esta venerable institución —oímos sobre nuestras cabezas, y un segundo más tarde Quique aterrizó junto a nosotros tras salvar de un brinco el murete de ladrillo.

—¡Qué pasa, hachedepés! A ver si encontráis un sitio menos polvoriento para jugar a la galleta.

Con el sobresalto, a Mínguez se le cayó la nube sobre el regazo y le dejó un goterón de azúcar fundido en la entrepierna.

—¡Ten cuidado, maldito bastardo!

Indiana Mínguez ponía voz de galán antiguo y utilizaba expresiones que vagamente creíamos haber oído en la televisión, o que nos sonaban a los latiguillos de los tebeos francobelgas.

—Vaya —replicó Quique, riéndose y señalando la mancha en el pantalón—, ya veo que te alegras de verme. Qué tío, de cero a cien en un segundo. ¿Tienes más *marshmallows*?

—Sí, toma, cómete esta. —Indiana le ofreció la nube que tenía en la mano, medio chamuscada—. Me la acabo de pasar por el culo especialmente para ti.

Quique la cogió con dos dedos, simuló estudiarla y dijo:

—Seguro que tu polla es exactamente igual que esto. Dulce, pequeña y rosita. Como la picha del enano mudito.

Luego se la metió entera en la boca y exageró una serie de gemidos de placer, mientras Indiana sacaba otra nube de un bolsillo de la mochila y procedía a chamuscarla con el mechero. El aire olía a caramelo y gasolina.

—¿Y José Luis? ¿No viene? —preguntó Quique masticando aún.

—No parece.

Le expliqué a Mínguez la teoría de José Luis de la tarde anterior. La materialización del ojo habría sido únicamente una distracción para atraernos al fondo de la clase mientras alguien metía la zarpa en la cartera de don Donato —que siempre la dejaba entre la mesa y el radiador— para sacar de ella la cinta de vídeo. A mí me parecía improbable que ambas tretas fueran obra de una única persona: si el culpable se sentaba al fondo, habría podido depositar subrepticiamente el ojo sobre el estante, pero luego habría tenido que abrirse paso a contracorriente entre los cuarenta alumnos que intentaban observar de cerca el prodigio, y habría llamado la atención; más difícil era imaginar que el criminal se sentara en las primeras filas, cerca del profesor, pues habría tenido que atravesar la clase mientras estábamos trabajando en silencio para depositar el ojo en la repisa del fondo. Quique sugirió que el ojo podría llevar allí desde la hora de la comida, aunque solo lo hubiéramos descubierto más tarde, pero esta hipótesis contradecía la propia conexión entre ambos sucesos: el ojo servía a la sustracción de la cinta, que debía producirse en la clase de Religión, y no antes. El ojo, en otras palabras, no podía haber llegado al aula antes que don Donato.

—Joder, no sé, troncos. Es mucho jaleo para verle las bragas a la hija del cantamañanas ese.

—¡Ah, eso es opinable! —exclamó Quique entre risas. Muchos, en aquellos años, habríamos sido capaces de mayores audacias para ver de cerca la pelvis de una quinceañera haciendo el pino puente, para estudiarla a nuestro aire, como había dicho José Luis la tarde anterior. Mínguez se quedó algo cortado («no, ya, ya») y encendió el Zippo tres veces seguidas, para hacer caer rápidamente cada vez el capuchón metálico con un movimiento brusco de muñeca. El mechero producía un ruido de cerrojo evocador de espuelas o pistolas.

—Bueno —dije adoptando un tono que no me comprometía a nada—, tampoco podemos descartar que la cinta contuviese más de lo que hemos visto.

—¿Como qué?

—No sé —vacilé, o fingí vacilar—; otra cosa, algo que a lo mejor ni siquiera don Nonato sabía que estaba allí.

A Quique las ocurrencias malévolas le iluminaban la cara como un relámpago.

—¡Claro, tío! A lo mejor está el famoso vídeo de la despedida de soltero de tu padre, que fue la mayor congregación de chaperos de toda la historia española. Tu padre se quedó gangoso de tanto chupar rabos aquel día. Menos mal que tu madre se casó disfrazada de Elton John, porque si no, no estarías tú hoy aquí, jodiendo la marrana.

—Vale, tío —contesté—, mira, que te folle un pez.

Mínguez intervino y dijo, con ese acento suyo radiofónico, que éramos unos críos rematados, que ya eran las nueve y diez y la sirena estaba a punto de sonar, pero mientras nosotros seguíamos aún comiéndonos los mocos, más perdidos que Amundsen, haciendo bromas estúpidas e incapaces de trazar un plan de actuación, el ladrón campaba a sus anchas.

Quique articuló una protesta que venía a ser una forma de capitulación. Dijo que, a fin de cuentas, la tarde anterior nos habían sometido a un tercer grado colectivo, nos habían registrado uno a uno, y no había aparecido la cinta de marras, que don Potato seguramente se la había dejado olvidada en la biblioteca, porque cada día que pasaba estaba más imbécil, hasta el punto de que no podía encontrarse la cola sin ayuda de la guía-callejero de Madrid.

Indiana Mínguez me miró afligido. El desaliento causaba estragos en nuestras filas, cada vez éramos menos los que nos resistíamos a la explicación tranquilizadora, los que huíamos de la interpretación más sencilla, los que mirábamos de frente el misterio y no reculábamos ante pesquisas condenadas al fracaso.

—Entonces solo nos queda una opción —dijo, apuntándonos alternativamente con el mechero—. Tenemos que consultar al Oráculo.

El aire se espeluznó con el aullido de la sirena que nos llamaba a formar en el patio. Cuando nos levantamos vi un papel arrugado al pie de uno de los cipreses. Lo recogí y lo desplegué: dentro solo había un gran remolino de líneas, una tachadura espasmódica de color azul, traspasada por un agujero violento. Mínguez me lo quitó de las manos y se lo guardó en el bolsillo, al tiempo que me guiñaba un ojo:

—Puede ser una pista.

10

El Oráculo, de apellido Pérez Elizalde, era alérgico al sol. La leyenda, que él mismo propalaba sin necesidad de que nadie le preguntase, debía de tener algo de verdad, porque los profesores permitían que pasase los recreos en el aula. El Oráculo gozaba de otros privilegios, como el de no hacer gimnasia y no participar en las excursiones. Era un niño frágil y menudito, y no sabemos si ello era causa o consecuencia de todos aquellos miramientos. Tenía la frente excesivamente despejada, nimbada por unos mechones de pelo rubio, ralo, fino, que se ondulaban en el flequillo a modo de sutil interrogación capilar. El Oráculo dedicaba al mundo una mirada de perpetuo estupor, a pesar de lo cual no era nada tonto; al contrario: durante sus ocios forzosos alternaba la lectura de novelas de ciencia-ficción con largas sesiones de observación del patio del colegio, donde se desplegaban ante su mirada atenta todos nuestros conflictos y quehaceres. El que jugaba al fútbol no veía lo que hacían quienes jugaban al rescate, los cuales a su vez ignoraban a quienes echaban una partida de *Dungeons & Dragons* en las gradas, de manera que todo era ajeno para todos, salvo sus propias acciones. No así para el Oráculo, que tenía sobre nuestros pequeños negocios una perspectiva indiscreta y simultánea. Desde allí debíamos de parecerle insectos o peones, partículas de una humanidad más bien teórica que se agregaban y desagregaban siguiendo lógicas vaporosas. Muchos estábamos convencidos de que el Oráculo consagraba una parte de sus horas de soledad a elucidar esas lógicas trasteando en nuestros pupitres e inventariando el contenido de nuestros estuches. Luego, en los largos recreos de la comida o en las clases de Educación Física, el Oráculo realizaba, con esa paciencia y meticulosidad que dan las enfermedades crónicas, dibujos abigarrados en los que se iba contando la épica de nuestra clase.

Sabíamos que dichos dibujos existían, pero hasta aquel momento los habíamos despreciado como una ocupación indigna de nuestra edad y posición. Ahora, en cambio, debíamos consultarlos con la esperanza de que nos revelasen lo que nadie más sabía, lo que los mismos profesores ignoraban. Me acordé de un libro de detectives que había leído cientos de veces cuando era chico, y que portaba un título abracadabrante: *Las aventuras de la Mano Negra*. En esa novelita, el texto se acompañaba de una serie de dibujos en los que el lector debía encontrar una pista con la que hacer avanzar el relato. Cada capítulo terminaba con una pregunta como: «¿dónde está la entrada secreta?», «¿quién es el espía?», «¿adónde fue a parar el maletín?», y el dibujo tenía tantos detalles que uno debía peinarlo milímetro a milímetro antes de dar con la solución. En los dibujos del Oráculo echaba de menos la pregunta que me orientase sobre qué buscar, pero me consolé pensando que cuando uno crece la novela ya no le viene a uno de frente, ni le hace preguntas por lo derecho.

El único problema era que el Oráculo custodiaba sus dibujos con un celo patológico y que, como nunca abandonaba el aula, no había forma de echarles mano. Rara vez se los mostraba a alguien, y cuando lo hacía era con la aparente convicción de que, como en un relato de Lovecraft, quienes los vieran se sumirían irremediablemente en la locura. Hasta entonces, solo se habían sumido en la perplejidad o el pitorreo, pero era cuestión de tiempo.

Nuestra estrategia consistía en lo siguiente. Al poco de comenzar el recreo, Mínguez y Quique regresarían al aula y le dirían al Oráculo que alguien había escrito en la puerta de un retrete que él se prestaba allí a cometer actos nefandos todos los días laborables de dos a tres. Huelga decir que aquella infamia tenía existencia positiva, pues la había escrito Quique expresamente para la ocasión, añadiendo el verdadero número de teléfono de Pérez Elizalde y un croquis bastante expresivo de la supuesta oferta de servicios. El Oráculo los seguiría hasta el cuarto de baño para verificar con sus propios ojos la magnitud dc la calumnia, y cuando estuviera leyendo la inscripción Quique y Mínguez lo dejarían encerrado dentro. La operación debía realizarse a viva fuerza, porque como es lógico, las puertas de los retretes no tenían pestillo por fuera. Mientras tanto, José Luis y yo inspeccionaríamos sus cuadernos de dibujo en busca de alguna pista. Sin embargo, José Luis al final nos dejó en la estacada diciendo que era un plan perfecto para hacer el ridículo. Así que iba a tener que apurarme.

Registré la cajonera, encontré el bloc de dibujo y comencé a hojearlo con urgencia. En los dibujos del Oráculo todos éramos otra cosa. Dado que a los de Toledo se les llama «bolos», Toledano era representado por un emboque, ese bolo puntiagudo cuya punta sirve para trazar sobre la arena las líneas del juego. Zurita era reconocible por su cráneo apepinado, y solía aparecer en algún rincón solitario de los dibujos, soltando grandes lagrimones. Una chuleta de cordero remitía a Navarrete, que había aprobado la EGB gracias a las chuletas maravillosas que miniaba con los Rotrings de su hermano, y que luego introducía en el canutillo de un bolígrafo o en la manga del jersey, si el tiempo lo excusaba. Una vez pegó una larga tira de cartón bajo el tablero de la mesa e insertó allí cinco chuletas, una al lado de otra, de modo que por la posición pudiera sacar la que correspondía al tema del examen; otra vez, para un control de Matemáticas, cosió el papel con las fórmulas al pañuelo, pero al final suspendió porque estaba resfriado de verdad y con los mocos se le corrió la tinta.

La zanahoria era indudablemente Ramírez, lo más parecido a un pelirrojo que teníamos, y el truño marrón que el emboque solía llevar pinchado en un palo como si estuviera asando una salchicha sobre un fuego abierto debía de corresponder a Rodríguez de Mierda. Más por descarte que por deducción supuse que la fresa sería Quique, ya que durante una temporada había repetido sin venir a cuento la frase «yo soy la fresa» que decía un niño en un anuncio de yogures con un tono que quería ser tierno pero resultaba repelente y, como quedaba demostrado, pegadizo. Había también calambures visuales bastante tontorrones, como el que justificaba que Morales apareciera vestido a lo morisco, con fez, alfanje y babuchas, o el que me transformaba a mí, Velayos, en una vela encendida.

Los dibujos del Oráculo solían representar violentas batallas campales a las que las figuras emblemáticas daban un aspecto apocalíptico. Con frecuencia enormes llamaradas arrasaban una de las esquinas del campo de combate, y la humareda de cuerpos consumidos ocultaba parte de la acción. En uno, Yáguer parecía llevar colgando de la boca una tortilla, pero era que sacaba la lengua como el cantante de los Rolling Stones, mientras resistía el tiroteo de un ejército de zanahorias —algunas lo bombardeaban también desde pequeños biplanos—; Yáguer se parapetaba detrás de un parásito que yacía despanzurrado en mitad de la llanura metafísica, y paraba con un sable láser los tiros que le llegaban desde el lado contrario.

Volví rápidamente las páginas del cuaderno hasta localizar el último dibujo, que el Oráculo no había terminado aún de colorear. Era especialmente barroco y se construía alrededor de la figura ciclópea de un inmenso humanoide que parecía buscar algo a cuatro patas, con sus dos cabezas hozando o escrutando un paraje abrupto, lleno de gargantas y desmontes. Una de sus cabezas portaba un cucurucho y la otra un sombrero de copa; esta, de rostro irreconocible, se encontraba ligeramente tornada hacia el espectador, pero lo miraba con un único ojo, porque el otro, que resultaba más visible en el escorzo, pendía colgando del nervio. El sombrero de copa tenía en su parte superior una barandilla, sobre la cual Mick Jagger tendía una caña de pescar cuyo anzuelo se perdía en el aire. El coloso bicéfalo parecía estar desnudo, aunque su piel era azul y contenía estrellas, planetas con anillos y espirales que representaban galaxias o nebulosas. Sus antebrazos reposaban sobre el suelo, y entre ellos, los muslos y el torso quedaba conformada una suerte de túnel, a través del cual discurría una carretera llena de guijarros. Por esta circulaba ceremoniosamente una procesión formada por un grupo nutrido de penitentes cubiertos con túnicas y capirotes blancos como los que salen a las calles españolas en Semana Santa. El que abría la procesión tenía una erección antológica y lloraba a moco tendido. Mirando con más atención debía concluirse que en realidad se trataba de un entierro, ya que cuatro de los penitentes portaban a hombros un pequeño ataúd blanco. Indiana Mínguez cabalgaba a espaldas del gigante bicéfalo, azuzándolo con su látigo. De todas las criaturas fálicas que poblaban el imaginario del Oráculo —un emboque, una zanahoria, dos docenas de capirotes e incluso un pertinentísimo chorizo de mierda— tenía que ser precisamente una vela, un cirio pascual, lo que el monstruo llevara ensartado en el culo.

Se me ocurre ahora que la posición de aquel titán grotesco no era la que uno adoptaría para gatear, sino que resultaba más bien estática y expectante, y correspondía de manera más que aproximada a la inversión longitudinal de la posición que, en el documental de don Donato, adoptaba la mujer cuando era penetrada con una manija o con una pipeta, que nunca llegamos a saber qué era exactamente.

Retrocedí una página para ver el penúltimo dibujo. Esta vez se representaba una batalla naval entre nuestra clase y la del A. Al fondo estaba la tierra firme, coronada por un castillo o fortaleza; en lo alto de un farallón Zurita lloraba a raudales, y era su llanto lo que había formado el océano sobre el que dos barcos libraban desigual batalla.

Uno, lleno de cerdos y con gallardetes que ostentaban una A mayúscula, figuraba la clase de al lado, nuestro reflejo invertido, nuestra némesis. Otra nave, en primer término, éramos nosotros. Las vergas de nuestro barco eran auténticas pingas erectas, y una B muy ornamentada ocupaba toda la vela mayor. Los del A nos lanzaban dardos con cerbatana, y nosotros (entre el tropel de símbolos reconocía a Toledano, a Navarrete, a Mínguez y a Rodríguez de Mierda) respondíamos con metralletas y lanzagranadas. De pie sobre el trinquete una fresa airada se tronchaba en una boca formidable de la que salían disparados sapos y culebras. Morales, desde el puente, echaba una meada parabólica y copiosa sobre la embarcación enemiga.

Entonces vi algo que me cortó la respiración, como si hubiese recibido un pelotazo en el plexo solar. En la popa de nuestro barco una zanahoria sacaba medio cuerpo por encima de la borda y tendía los brazos hacia la fortaleza que se dibujaba en lontananza. Tras el muro del castillo asomaba la cabeza un ratón que debía de encarnar a Chinchilla, porque un profesor indiscreto había explicado en sexto que la chinchilla es un roedor de aspecto ridículo que se emplea para hacer abrigos (lo cual, dicho sea de paso, hizo saltar por los aires la fachada de tipo duro que Sánchez Chinchilla había puesto tanto empeño en levantar). Chinchillas había en el colegio para aburrir: cinco hermanos, de los cuales el nuestro hacía el número dos, sin contar a otras dos o tres Chinchillas que iban a un colegio de chicas. El caso es que este ratón tendía los brazos en dirección contraria, como si echase de menos a la zanahoria, pero las líneas de acción que salían de sus manos indicaban que había lanzado algo en dirección al barco, un objeto que se encontraba detenido en el aire, suspendido en mitad de su trayectoria. Ese objeto era un rectángulo negro con dos pequeños discos blancos.

En estas, un estruendo estremeció el pasillo y el Oráculo irrumpió en el aula: había logrado escapar de sus secuestradores y me miraba con furor animal. Sudoroso, resollante, con los cuatro pelos en desorden, las uñas pintadas de Tipp-Ex, los rasgos desencajados, su fisonomía de cabezopolín había adquirido tintes súbitamente mutantes. Según Mínguez, que había llegado pisándole los talones, recordaba a un gremlin malo con trece cocacolas en el cuerpo.

El Oráculo se precipitó sobre su pupitre, me arrancó los cuadernos de las manos y me hizo a un lado de un empellón, dando gritos primordiales. Inmediatamente sacó de la cajonera un estuche, y yo pensé que estaba comprobando que no le hubiéramos quitado algo de especial valor para él —la paga de la semana, una Game Boy, algún medicamento del que dependiese su vida de criatura gelatinosa y abisal—, pero cuando me quise dar cuenta se me echó encima con un compás y, sin mediar palabra, me lo clavó en el brazo. La punta de acero debió de dar en hueso, porque tuve la sensación de que mi cabeza se vaciaba de sangre, trastabillé y, aunque quise aferrarme a una silla, me desplomé al suelo.

11

Hoy, en parte por descarte y en parte por los torcidos consejos de Carlos III, he llegado a la conclusión de que las cintas de vídeo deben de estar en la mesilla de noche de mi madre. Dicha mesilla tiene un armarito en el que podría caber una caja de medianas proporciones, quizá no tan grande como la colección de VHS que conservo en mi memoria, aunque es sabido que la memoria tiende a agrandar las cosas, y a veces también a engrandecerlas. Fui a comprobarlo y al final, claro, todo lo que contenía el armarito eran revistas y boletines. Ya me quedan en casa pocos lugares sin registrar, y comienzo a asumir que no encontraré la dichosa cinta, pero como no sé a ciencia cierta lo que espero de ella, quizá no se pierda nada, aparte de mi tiempo.

Muchos de los boletines que mi madre conserva en su mesilla de noche se titulan *Hoja de la Caridad*, y son como páginas de anuncios clasificados. La diferencia es que en ellos no se anuncian motocicletas usadas ni servicios sexuales exóticos, sino pleitos pobres, enfermedades raras, tumores incurables, pensiones irrisorias, niños sin gafas, desahucios inminentes, embarazadas cargadas de deudas, jubilados que necesitan desesperadamente una ortodoncia. A la hija de un chamarilero, por ejemplo, le tuvieron que vaciar un ojo al nacer y su padre no tiene dinero para comprar una prótesis. El que quiera puede mandar dinero a un número de cuenta para comprar la prótesis, o las gafas, o la dentadura postiza, o lo que sea. Mi madre ha trazado un redondelito rojo en torno a algunos de esos clasificados. En uno de ellos se expone el caso de una madre con cuatro niños chicos. El padre, de etnia gitana, está en prisión, y la niña mayor tiene una dificultad psicomotora, con lo que la madre no puede ni dejarla en una guardería ni salir a trabajar. Encima, arrastra una deuda de 710 euros. Poco me parece, con tanto crío.

Cuando le preguntaba a mi madre por qué soy hijo único, solía contestarme en son de chanza que a su cigüeña la habían hecho liberada sindical y desde entonces no había vuelto a dar un palo al agua. A saber de qué iba aquello. Igual un niño le pareció suficiente. Igual le pareció demasiado. La presencia de un tercer dormitorio insinúa retractaciones, capitulaciones, arrepentimientos. Lo más probable es que recurriera a algún método anticonceptivo, porque ella, que tanto habla de la palabra de Dios, se toma la palabra de Dios a beneficio de inventario. «Reproducíos y poblad la tierra», ordenó Dios a nuestros primeros padres nada más modelarlos. No dijo «reproducíos y poblad la tierra hasta el 23 de octubre de 1976», ni «reproducíos y poblad la tierra hasta que inventéis la píldora del día después» ni, para lo que viene al caso, «reproducíos y poblad la tierra hasta que se extingan todos los mosquitos», o «reproducíos y poblad la tierra hasta que se desmoronen los ecosistemas», o «reproducíos y poblad la tierra hasta que todos os revolquéis en el estiércol». Pero claro está que pedirle a Dios esta clase de precisiones es pedirle peras al olmo.

La otra posibilidad es que mis padres no pudieran concebir más hijos. En mi familia, por supuesto, nunca se ha hablado abiertamente de esas cosas. Ni cn mi familia ni en ninguna familia que yo conozca. No tendría nada de particular, sin embargo: he leído que la fertilidad de los seres humanos está en regresión, que los óvulos de ahora ya no son como los de antes, que los espermatozoides tienen artritis. Debe de ser que Dios va regulando el alcance de su mandato y está cerrando el grifo, sobre todo entre los pueblos cristianos de Occidente; los demás, los desposeídos de las naciones paganas, son, por extraña paradoja, los que más y mejor cumplen aún con el precepto del Génesis.

Arrastrado por el fluir de las ideas, acabo preguntándome si mis padres pudieron concebir siquiera *un* hijo. En menos de un segundo mi cabeza se inunda con visiones de vírgenes abducidas, de inseminaciones alienígenas, de pequeños gametos híbridos germinando en una retorta. Yo podría ser el niño de las estrellas, el experimento biológico de una civilización intergaláctica, el próximo peldaño evolutivo, el mensajero de los dioses.

O el hijo expósito de un gitano preso.

12

En algún punto imaginario entre Ramírez y Sánchez Chinchilla levitaba la cinta de vídeo con las vacaciones de don Donato, las desventuras del niño nonato y algún otro interrogante de propina. Era evidente que el Oráculo había olfateado algo, pero después de su metamorfosis preternatural ninguno nos atrevíamos a preguntarle; a mí aún me dolían el brazo y el orgullo. En cambio, dábamos por hecho que si nos pegábamos a la zanahoria y a la chinchilla —las dos personas a las que su dibujo implicaba— acabaríamos por tener ocasión de hacernos con la cinta y de desvelar sus secretos. Sabíamos que Mínguez, como siempre, tenía que acompañar a casa a sus hermanos, así que decidimos que Quique seguiría a Sánchez Chinchilla y yo sería quien observase los movimientos de Ramírez, empezando aquella misma tarde.

Bajábamos las escaleras en una masa compacta. Parece una cosa fácil, y lo había hecho cientos de veces sin prestarle atención, arrastrado por cierto automatismo colectivo, pero ahora que debía bajar las escaleras con el ritmo que marcaba Ramírez, me parecía un ejercicio complicado en el que cada músculo demandaba una decisión consciente y voluntaria. Unas veces me tenía que agarrar a la barandilla para no caer sobre el alumno de delante y otras me detenía en seco, de modo que quien venía detrás se tropezaba conmigo.

—¡Tira, joder! ¿Estás gilipollas o qué te pasa?

Era Morales. El improperio había interrumpido un gesto absurdo de mi mano, que se había quedado en el aire con la muñeca flácida, como pidiendo que alguien me besase el anillo. Por mucho menos le habían metido al Chochito un calcetín usado en la boca. Por eso no tuve más remedio que agarrar a Morales por el niqui y, acercando mi cara a la suya, decirle entre dientes lo primero que se me vino a la cabeza:

—Hay que ver cómo está esto, ¿eh?

El desconcierto se pintó en su cara, por lo que añadí un latiguillo chusco que le había oído a mi tío.

—Parece la salida del fútbol.

Morales soltó una carcajada, se zafó de mi mano, dijo que estaba como una cabra y continuó bajando las escaleras. Ramírez debía de haber llegado ya a la planta baja, así que comencé a saltar escalones de tres en tres: eso sí sabía cómo hacerlo.

Pisar el patio fue descender a la realidad. En la última hora de clase aún había fantaseado con una persecución por pasajes tenebrosos, acechando el perfil de Ramírez a través de dos agujeritos discretamente practicados en un periódico o atisbando su reflejo detrás de una esquina gracias al espejito de una polvera que le había apandado a mi madre. Unos minutos después y cuatro pisos más abajo caía en la cuenta con brusquedad de lo ridículas que eran esas figuraciones. Ramírez se iría a su casa, o a una academia de inglés o a los recreativos. No sabía en qué zona vivía, pero si tomaba el metro o el autobús lo perdería de inmediato o tendría que inventarme un motivo para acompañarlo a un barrio que no conocía, y aun así también lo perdería y tendría que regresar desde el fin del mundo, tratando de meter y sacar rápidamente el bonobús en la máquina troqueladora para que el viaje me saliera gratis. José Luis tenía razón: habíamos maquinado un plan perfecto para hacer el capullo.

Pasé rápido junto a las hayas con forma de cipreses, aunque sin llegar a correr. Divisé a Ramírez cerca de la verja despidiéndose de Navarrete con ese trato arisco que todos teníamos entonces. Junto a ellos, unos chiquillos de preescolar a los que sus madres aún no habían recogido jugaban a los toros; unos hacían de picadores y montaban a espaldas de otros, pero a veces se enzarzaban entre ellos y se olvidaban del novillo, convirtiendo la corrida en un combate cuerpo a cuerpo.

Ramírez dobló hacia el puente de la M-30, lo que en aquel momento me alivió, porque si me confrontaba, siempre podía decir que había decidido volver andando a casa o que iba a robar cosas al Alcampo. Anduve distraídamente quince o veinte metros por detrás de Ramírez, quien contra mi pronóstico volvió a girar a la izquierda, circundando la tapia del colegio. No había muchos sitios a los que ir por aquel camino, fuera de una parroquia de formas geométricas que, según don Rogelio, propalaba un cristianismo heterodoxo, acaso herético, y permitía que los fieles distribuyeran ellos mismos las formas consagradas del Santísimo Sacramento con sus manos manchadas de ajo, lejía y poluciones. Luego venían varios edificios de apartamentos, pero para llegar hasta ellos lo normal habría sido salir por la torreta, que era la otra puerta del colegio, empleada sobre todo por quienes iban en ruta, porque allí podían aparcar los autobuses escolares sin interrumpir el tráfico. Cuando vi que Ramírez volvía a entrar en el colegio, sentí que mi pulso se espesaba como si una muchacha acabase de tomarme de la mano. El nombre de la muchacha era Aventura.

Hay que saber que el colegio era una hondonada, un trapecio escaleno excavado en los desmontes por los que Madrid se derrumbaba en el cauce de la M-30, en aquella autopista con la que la ciudad, queriendo abrazarse, se interrumpía y se segregaba en barrios enemigos, enfrentados por envidias, suspicacias y temores.

En la otra orilla de aquel Mississippi de diez carriles habían construido pocos años antes un gran edificio con planta en espiral destinado a viviendas de realojo. Mi padre decía que los gitanos sacaban las sillas a la calle y habían subido sus burros a los apartamentos. Yo me figuraba aquel caracol de ladrillo como una nueva torre de Babel asentada sobre los cuerpos esqueléticos de miles de yonquis, alumbrada con luces de verbena, atronada por gritos en caló, con los inquilinos arrancando las cañerías para venderlas al quincallero y borriquitos asomando la gaita por las ventanas. Más al sur estaba Vallecas, un barrio con cuya sola mención le entraban los sudores a mi madre, que me tenía muy prohibido tomar la línea 1 de metro más allá de la estación de Pacífico. El vecino de Vallecas al que mejor conocíamos yo y toda España era Poli Díaz, «el Potro de Vallecas», un boxeador heroinómano que en las entrevistas hablaba como si acabase de recibir un gancho decisivo en la mandíbula. Poli era abreviación de Policarpo, Polifemo u otro nombre igual de inverosímil, y nadie hacía nada por evitar que imagináramos que aquel distrito estigmatizado estaba poblado por Polifemos, Polinomios y Poliginias de costumbres bárbaras, que compartían jeringuilla a la hora de la cena a la luz de una lamparilla de aceite que ardía en la carcasa vacía de un televisor de tubo.

Entre aquellos dos lugares de perdición —las viviendas de realojo y Vallecas— serpenteaban los bloques de Moratalaz. Yo vivía en uno de construcción reciente, de siete alturas, con una terraza abierta sobre una zona comercial cerrada al tráfico. José Luis vivía en el último de los cuatro pisos de un edificio más antiguo, de ladrillo claro; originalmente tenía un balcón, pero le habían hecho un cierre de obra para ganar espacio. Su fachada daba al sur, y muchas ventanas tenían toldos verdes. Enfrente había una esquina de tierra, con espigas silvestres y cuatro acacias municipales. No parecía que viviéramos en la misma ciudad; de hecho, mi impresión era la de que él ni siquiera vivía en una ciudad.

Desde la entrada principal de nuestro colegio se accedía directamente al primer piso, donde estaban el área de preescolar y la administración. El patio, ubicado detrás del edificio, quedaba un piso por debajo, en el mismo plano en el que se encontraban el comedor, la cocina y el oratorio. El eje del patio, de este a oeste, presentaba un declive más pronunciado aún: lo cerraban por un lateral cuatro o cinco filas de gradas de hormigón, muy empinadas; sobre ellas quedaba la explanada de arena de los párvulos; detrás de esta había una cancha de frontón en la que nadie había jugado nunca al frontón, porque su verdadera función consistía en dar un significado teórico al enorme muro de diez o doce metros que había sido forzoso construir por aquel lado hasta alcanzar el nivel de la calle. Al norte estaba la entrada secundaria; para acceder a ella desde el patio había que subir a una torreta de ladrillo que según algunos albergaba la caldera y según otros estaba llena de ratas y de instrumentos de tortura.

Estos detalles no tienen auténtica importancia, ni aspiro a que esta relación se lea con la brújula en la mano; basta con saber que lo que llamábamos colegio era un conjunto de espacios escalonados, encajados a la diabla en una orografía difícil de cañada y serranía. Mirándolo desde lo alto de la torreta, el colegio me había parecido alguna vez la pieza hembra de un enchufe galáctico, y en mis ensoñaciones diurnas fantaseaba con una nave espacial que algún día vendría a acoplarse allí, despachurrando a todos los que en esos momentos estuvieran jugando al fútbol o mirando hacia arriba como papamoscas.

El patio se vaciaba con la urgencia de una tarde de viernes, y desde el observatorio de la torreta Ramírez parecía un insecto que atravesaba las canchas, bordeaba el edificio, se encaramaba a las gradas y las salvaba una tras otra. Luego, en línea recta y con determinación, cruzaba la arena del patio infantil, completamente desierto, y entraba en el frontón, donde no había nada ni se podía ir a ninguna parte. Ni siquiera desde mi atalaya alcanzaba ahora a verlo. Me precipité escaleras abajo, corrí hasta las gradas, tiré al suelo mi mochila para que no me estorbase y subí dando saltos hasta apostarme detrás del murete que contenía la arena. Entre los barrotes de los toboganes y de los castilletes podía ver ahora más de la mitad de la pista de frontón, pero Ramírez no estaba allí, o bien había ido a meterse precisamente en la esquina que quedaba fuera de mi ángulo de visión.

El lateral más externo del frontón no daba directamente a la calle, sino que encerraba contra esta un empinado terraplén, una franja de terreno montaraz, cubierto por maleza, escarpado y sin función ni existencia oficiales, hasta el punto de que me parecía verlo entonces por primera vez. Así supuse que había sido en origen el terreno en el que habían erigido —y sobre todo excavado— nuestro colegio: un cerrillo inhóspito cubierto de abrojos.

Permanecí agazapado varios minutos, asomando un ojo por encima del murete y escrutando los matorrales. Al cabo de un rato surgió Ramírez a cara descubierta, abriéndose paso a través de la espesura y derrapando en el último metro de pendiente, antes de alcanzar a la pista del frontón y desandar el camino. Achinando los ojos como si eso pudiera hacerme invisible lo vi pasar a pocos metros de mí y enfilar de nuevo hacia la salida, adonde yo ya no lo seguiría, pues había olido un nuevo rastro.

No recuerdo que me haya embargado nunca una sensación de plenitud como aquella. Desde entonces he tenido, claro está, un puñado de experiencias memorables, alguna ocurrencia inspirada que me ha valido la admiración momentánea de mis amigos o de mis colegas, y una vez le hice la maniobra Heimlich a un muchacho que se había atragantado comiendo un kebab, salvándole la vida quizás y fracturándole una costilla seguro, pero todos ellos los he vivido como acontecimientos fortuitos, como golpes de suerte que me distraían por unos minutos de mis manejos erráticos y de mis aspiraciones inciertas. En cambio, aquella tarde de marzo el misterio se desplegaba ante mí como un vistoso *leporello* lleno de pestañas y de ventanas interactivas, profuso pero finito, cuya lectura llevaba anticipando desde hacía muchos años y que me resultaba inmediatamente familiar. Estaba lejos de sospechar que el territorio en el que me internaba era más bien un estanque de aguas pútridas y oscuras, poblado por algas tóxicas y cangrejos ciegos, que nadie había cartografiado aún.

Pasado un tiempo prudencial me levanté y me dirigí hacia el frontón. Para llegar al terraplén debía salvar un muro tan alto como yo. Debió de costarme una docena de intentos, tomando carrerilla y saltando hasta anclar un antebrazo y poder subir un pie con el que alzar a pulso mi centro de gravedad. Nada más caer del otro lado descubrí entre los arbustos un punto por el que era obvio que solía pasar gente. Era la parte por donde había resbalado Ramírez al salir: un vado entre los arbustos, un tobogán de tierra entre los bojes más frondosos. Al acometer su ascenso, las manos se le iban solas a uno hasta las raíces y los tocones a los que convenía asirse. Mientras trepaba encontré alguna lata, varias colillas y una estrella de tres puntas arrancada al capó de un Mercedes. El talud terminaba en un repecho que había al pie de la tapia exterior del colegio. Era el punto más alto del recinto, y al mismo tiempo el menos visible. El edificio del colegio tenía cuatro pisos, pero desde allí podía ver, a la altura de mis ojos, sus tejas y las pelotas de tenis que habían quedado encajadas en la canaleta de desagüe varios años atrás, y que se habían vuelto grises. La vegetación y el cierre lateral del frontón ocultaban aquel corredor de tierra. En el suelo había bastantes inmundicias que la gente había tirado desde la calle: bolsas de plástico, un espray de pintura abollado, alguna jeringuilla, papeles arrugados, envoltorios de bollería industrial. Pasé diez buenos minutos escrutando el revoque de la pared de ladrillo, sin llegar a ningún resultado concluyente, pero bastante satisfecho de mi pose.

El terreno estaba muy pisoteado; me puse en cuclillas y olfateé una huella como un imbécil. Era una suerte que en aquel lugar nadie pudiera ser testigo de cómo estaba llevando a cabo la investigación. Por último, revolví varios de los papelajos que aún no habían sido desintegrados por los elementos. Casi todos procedían de cuadernos de anillas, a rayas o cuadriculados; la mayoría de ellos estaban en blanco o eran fragmentos diminutos caídos de hojas arrancadas. Uno, algo mayor que los demás, se había deslizado pendiente abajo, entre las ramas de un arbusto espinoso. Daba la impresión de estar escrito, de modo que puse empeño en recuperarlo introduciéndome en un hueco del follaje y acercándolo hacia mí con un palo. Estaba doblado y efectivamente tenía algo escrito con bolígrafo de bola, por lo que la lluvia no lo había desteñido por completo. Lo que esa octavilla contenía era un mensaje breve, fascinante, sensacional.

Por desgracia, también era completamente incomprensible.

13

—Una lumi es una pelandusca.

Yo no había oído esa palabra en la vida, pero en estas cosas Quique sentaba cátedra y había que creerle. José Luis se dedicaba a sus espaguetis, ajeno en apariencia a la discusión. Al principio había dicho que aquello le parecía un camelo, pero era demasiado cerebral para admitir que la gente fuera abandonando por el mundo mensajes sin sentido. Aunque para nosotros vistiera su máscara de escéptico, yo quería creer que le picaba la curiosidad; más tarde supe que habló de aquel acertijo con su hermana, lo que venía a confirmar que había seguido dándole vueltas. Los demás miembros de la agencia Mascarada estuvimos galvanizados todo el tiempo que duró aquella comida.

—¡Ah! —dijo Indiana Mínguez—; entonces empieza a hacerse la luz. Ha llegado el momento de las revelaciones. Fijaos bien: «bonilumi» quiere decir «una buena puta», y «lumibirgu» tiene que ser «una puta virgen», o sea, una puta que aún tenga himen.

De la existencia del himen algunos habíamos tenido noticia únicamente la semana anterior, cuando don Rogelio entró en clase de rondón e interrumpió al profesor de Dibujo para explicarnos lo que era. Parecía que no pudiera dejar pasar un día más sin poner aquella información en nuestro conocimiento. El himen es una especie de telilla o precinto que tienen las mujeres, y que generalmente se rompe durante la noche de bodas, aunque algunas lo pierden haciendo gimnasia o montando a caballo. El de María Santísima era, según don Rogelio, un himen a prueba de bombas que no se alteró en la Anunciación del arcángel san Gabriel y que incluso permaneció incólume durante el parto, ya que el Niño Jesús lo atravesó del mismo modo que un rayo de luz atraviesa el cristal, sin romperlo y sin producirle a su madre el más mínimo dolor. Para don Rogelio era obvio que todos desearíamos que nuestras madres parieran sin sufrimiento y permanecieran vírgenes durante toda su vida; y esto que para nosotros, pobres criaturas, es imposible, resulta harto sencillo para el Creador, el cual, como podía hacerlo, lo hizo. Tras muchos años de rezarle a la Virgen, al fin nos habíamos enterado de qué era una virgen.

Por encima de nuestras bandejas nos pasábamos unos a otros el papel que yo había encontrado el viernes anterior en el terraplén. La hoja había sido arrancada de un cuaderno cuadriculado y conservaba la marca de varios pliegues; en su cara interior contenía tres palabrejas con más trazas de hechizo que de mensaje:

OXENCOLALUMIBIRGU
ECO
BONILUMITØSPI

—Espera, tío, no me jodas. —Quique dejó bruscamente los cubiertos sobre la bandeja y me arrebató el papel—. ¿«Lumibirgu» y «Bonilumi»? ¿Una puta virgen y otra buena? ¡Pero si eso es la carta a los Reyes Magos que escribió Velayos! El muy cabrón se pasó toda la noche con la salchicha lista para el ataque.

Yo me reía como los demás, pero empecé a pegarle patadas por debajo de la mesa. Quique acusaba los golpes y me insultaba, pero su imaginación desbocada seguía llenándole la cabeza de disparates y, aunque se atragantaba, continuaba hablando de muñecas de tamaño natural, de un paje de los Reyes Magos que llevaba unas mallas ajustadas y de cómo, si no llega a ser por ese paje, a mi madre se le habría quedado el friegaplatos sin estrenar. Quique hablaba como si yo estuviera ausente e ilustraba su narración con una salchicha de las que efectivamente estábamos comiendo, agitándola de manera obscena y frotándola contra la V que formaban sus dedos índice y corazón. Unos comíamos salchichas y otros, como José Luis, se traían la comida hecha de casa en unas tarteras de metal que había que dejar en la cocina por la mañana y que, a eso de la una, metían en un horno las encargadas del comedor.

Para sacar a Quique de su trance e interrumpir su retahíla de injurias terminé vaciando mi vaso sobre su plato.

—¡Joder, tío, cómo te pasas!

—Te jodes como Herodes.

El comedor tenía dos grandes puertas correderas que lo comunicaban con el oratorio. Estas puertas solo se abrían cuando una primera comunión congregaba a parentelas exorbitantes, o cuando el miércoles de ceniza nos juntaban a todos los cursos en una sola misa solemne. Por excepcional que fuera, había una continuidad entre aquellos dos espacios, e igual que algunos días desde el comedor se oía la campanilla de la consagración, desde los últimos bancos de la capilla solía escucharse con claridad el trajín de platos y cubiertos.

He pensado a veces en aquellas salchichas que nos servían, y en cómo entre ellas y la verdadera carne había una distancia análoga a la que hay entre los redondeles de pan ácimo de la comunión y el verdadero pan. Eran unas salchichas eucarísticas y rosas, ya medio transubstanciadas. En virtud de un acto de fe ciega las consumíamos como si fueran carne de un animal que alguna vez existió, probablemente en la Galilea del primer siglo de nuestra era. Al igual que las hostias, se comían sin sentir: una tarde memorable, protegido por no se sabe qué astros o qué manes, Navarrete marcó siete goles seguidos, le rompió la nariz a uno del A y se metió entre pecho y espalda veintitrés de aquellas salchichas espirituales, jaleado por todos sus compañeros, para quienes aquella gesta digestiva confirmaba de un modo oscuro el dominio del ser humano sobre las demás criaturas en general y sobre los del A en particular.

Entonces se acercó Yáguer con su bandeja y le preguntó a José Luis si se podía sentar con nosotros; este le dijo que sí, y Quique, que pescaba sus salchichas y las secaba en una servilleta de papel, le dijo sin mirarlo que bueno, que ya se cuidarían de apretar bien el culo. Pero yo, que entretanto había hecho desaparecer en mi bolsillo el mensaje cifrado, le dije, en parte por hábito y en parte por secretismo, que mejor se fuera a la mierda, ya que allí estaría más en su ambiente. Yáguer se sentó solo, tres o cuatro mesas más allá.

Este Yáguer era un chico flaco y desgalichado. Tenía los ojos muy separados, ligeramente rasgados, y su boca de labios gruesos resultaba excesivamente grande, todo lo cual le confería un parecido cierto con el cantante de los Stones que justificaba el mote. Venía a completar la semejanza una pelambrera descuidada, más larga por la nuca que en el flequillo, que para nosotros era un corte de pelo rumbero y quinqui. Nunca nos paramos a pensar que algunos héroes televisivos, como MacGyver, o Mel Gibson en *Arma letal*, llevaban el mismo peinado. En clase se ponía unas gafas de pasta transparente que, según Morales, eran de sociata. También se decía que Yáguer vivía en los pisos de realojo —lo que sin duda era un infundio— y que su padre tenía una chatarrería por La Elipa.

En principio, Yáguer era un marginado. No era raro que alguien se refiriese a él como «el Tano», abreviación de «el gitano», categoría de exclusión entonces inapelable. Navarrete le sacudía el polvo con regularidad. Además, en virtud de un extraño fenómeno textil, su jersey siempre producía pelotillas, y esto constituía un grave estigma por motivos que nadie acertaba a explicar. No era mal estudiante, sin embargo, y aguantaba los maltratos de palabra y de obra con un estoicismo rayano en el desinterés. Esto a muchos nos llevaba a dejarlo tranquilo, porque no tiene gracia ensañarse con una víctima indiferente. Al Chochito, en cambio, lo puteábamos con entusiasmo, porque nos encantaba verle llorar y tratar de defenderse manoteando como un escarabajo panza arriba. Para su desgracia, el Chochito además era sumiso, y provocaba sus propias humillaciones pidiendo favores o haciendo gestos de complicidad a los más crueles de sus victimarios. Putear al Chochito era un ritual que prevenía de acabar como el Chochito, así que le tirábamos postas, le poníamos chinchetas en la silla, le pegábamos patadas a su tartera hasta que se desparramaba la comida por el patio y le gritábamos «vete a pajear perros» o «vete al retrete a lamer lefa» o «vete a afilarle el lápiz a los pederastas de Leganés», porque se decía que era de un pueblo del sur de Madrid, pero esto también podía ser un infundio.

Volví a desdoblar la hoja con el mensaje y seguimos haciendo cábalas sobre su posible significado. «Puede ser un ultimátum», dijo Indiana Mínguez, pero no le hicimos mucho caso porque nadie más sabía qué quería decir la palabra «ultimátum». Probamos a sumar o a sustraer un número fijo de letras, siguiendo el orden del abecedario, pero el resultado solía ser aún más impronunciable que el original: «oxencolalumbirgu» se transformaba en «pyfdpmbmvnjshv» si añadíamos una letra, y en «ñwdmbñkzktlahqft» si le quitábamos una.

—Hombre, pues está muy claro —dijo José Luis—. Esto lo ha escrito Ozores.

Antonio Ozores era un actor cómico muy conocido en la época que hablaba muy rápido y terminaba soltando unas parrafadas ininteligibles que hacían que el público se retorciese de risa.

—Ya, tío —concedió Mínguez—. Suena como si el asesino hubiera dado las instrucciones con la boca llena.

—Pero ¿qué asesino ni qué leches? —dije—. A ver si nos centramos, joder. Esto lo ha tenido que escribir el que ha mangado la cinta de don Nonato.

Empezamos a mirar aquel trozo de papel manoseado con una irritación algo indignada, como mirábamos una pregunta de examen sobre un tema que creíamos que no iba a entrar. De todos modos, las palabras de nuestro mensaje resultaban demasiado largas; «demasiado largas para ser un lenguaje humano», completó Mínguez. José Luis dijo que igual nos estábamos flipando un poco, y que a lo mejor estaba escrito en una lengua rara como el alemán o el noruego. Quique recordó que en un tebeo de Astérix salía un vikingo y que siempre que hablaba y decía algo con la letra O, esta salía atravesada por un palo, como en la tercera palabra de nuestro mensaje.

—Joder, pues a ver cómo encontramos a alguien que hable vikingo.

José Luis cerró su tartera y se levantó.

—Bueno, yo de momento me voy a echar unos tiritos. ¿Os venís?

Cuando estábamos saliendo del comedor me acordé de que Quique tenía encargado vigilar a Sánchez Chinchilla.

—¿Y tú qué?

—¿Qué de qué?

—Que adónde fue Chinchilla.

—Joder, y yo qué sé. A su casa. Bueno, a su casa no, a jugar al fútbol con unos amigos.

—A ver, ¿en qué quedamos? ¿Con qué amigos? ¿Eran de clase?

—No, no sé. Unos tíos que conoce de su barrio.

—¿Y tú qué hiciste?

—Pues qué querías que hiciese, me puse de defensa.

Lo miré con incredulidad. Mientras yo me jugaba el tipo y, literalmente, revolvía entre la basura en pos de la menor pista, Quique se metía en la cama con el enemigo.

—Vaya mierda de espía que eres...

—Ya, vale. Anda y que te la pique un pollo.

14

Cuando sonó el teléfono debía de ser ya tarde, porque mi padre había vuelto a casa y estaba tomando su cerveza con las noticias puestas.

—¡El teléfono! —gritó desde el sillón.

Mi padre se tomaba todas las tardes una cerveza que no sabía si le gustaba. A él la cerveza al principio no le había gustado, pero los amigos le decían «qué, ¿una cerveza?», y él respondía que bueno, que vale. Otras veces llegaba a un bar y no sabía qué le apetecía tomar, y al final acababa pidiendo una cerveza. Y así había terminado abriendo todas las tardes una lata de Mahou Cinco Estrellas que no sabía si le gustaba. Esto me lo contó en varias ocasiones, porque en la vida —decía— muchas cosas salían como la cerveza: cuando las pruebas te parecen una porquería, pero luego te acostumbras y ya no puedes prescindir de ellas.

—¡El teléfono, joer!

Mi madre bajó el gas del infiernillo, lo cogió y gritó a su vez:

—¡Alva! Es para ti.

—¿Quién es? —pregunté.

—Una chica —respondió, tendiéndome el auricular. Pensé que era una broma.

—¿Diga?

—Hola.

No reconocí de inmediato la voz al otro extremo del hilo.

—Soy María.

—Hola.

—Creí que ibas a venir esta tarde.

—Ya.

No podía decir que esa tarde José Luis había salido acompañado por Yáguer y, como yo no podía tolerar que nadie me viera en público a menos de tres metros de aquel sarnoso, me había demorado adrede. Los vi subirse de lejos al mismo autobús que yo habría debido coger.

Había charlado con María un millón de veces, pero por teléfono era distinto. Titubeábamos y nos aturullábamos al hablar, como si alguien estuviera copiando al dictado nuestras palabras, o como si estuviéramos practicando una lengua extranjera.

—He estado pensando en el mensaje secreto, en el papel que encontraste.

—¿Quién te ha hablado del mensaje?

Era una pregunta absurda, pues evidentemente quien le había hablado del mensaje era su hermano. Por un lado, resultaba gratificante saber que, a pesar de su pose displicente, José Luis continuaba reservando una porción de su materia gris a nuestra investigación; por otro lado, el hecho de que involucrase a su hermana en los asuntos de nuestra agencia me hacía hervir la sangre. María saltó por encima de la pregunta estilo Fosbury.

—Es como un truco que hago con Josete. Hay trucos de magia que mi hermano hace solo, con un dedo de mentira y cosas así. Pero hay trucos en los que le tengo que ayudar. Son trucos de adivinar que uno piensa una cosa y el mago lo acierta.

—¿Y esto qué tiene que ver con el código? —dije.

—Es que yo soy la médium. Yo pienso un número del uno al veinte, o le pido a alguien que me diga un número del uno al veinte, y luego me concentro y le digo el número a Josete con el pensamiento. Solo que en realidad...

Aquí María se interrumpió y me hizo prometer que nunca revelaría lo que me iba a contar, ni siquiera bajo tortura, recalcando que al contármelo estaba quebrantando el código de honor de los ilusionistas, y que si lo hacía era solo

94

porque estaba segura de que en lo más hondo de nuestro caso se escondía una verdad transformadora con la que aquellos pasatiempos de sobremesa no podían medirse.

—Vale, venga, que sí, al grano —decía yo, sin tratar de ocultar mi crispación.

—En realidad lo que hacemos es emplear un código. Por ejemplo, si yo digo «te voy a transmitir las ondas mentales», es el número siete, pero si digo «te voy a transmitir las ondas psíquicas» es el número ocho, y si digo «atento, que te voy a transmitir las ondas psíquicas» es el dieciocho. Luego, Josete cierra los ojos y hace gestos como si estuviera cazando bichos invisibles, pero es todo teatro, porque ya sabe qué número es.

—O sea, que también usáis un código.

—Lo que digo... Lo que digo es que yo suelto muchas palabras que no hacen falta, como para camuflar el mensaje.

—Si no has visto el papel —repuse, a sabiendas de que no había podido verlo porque lo tenía yo—, no sabes de lo que estás hablando. Nuestro mensaje en clave no está camuflado, se ve que es un mensaje en clave a diez kilómetros de distancia.

Colgué con un gesto de extremo fastidio dirigido únicamente a mí mismo. Menuda niñata gilipuertas.

Me sorprende cómo algo puede parecernos absurdo en determinado momento y, pocos días o incluso pocas horas después, empieza a cuajar en nuestra cabeza como el flan en polvo de mi madre. Igual que ese trozo de plástico que uno lleva en el monedero durante meses y en el que de pronto, por un movimiento fortuito de la atención, reconoce el botón que tanto echaba de menos.

A la mañana siguiente le expliqué a la agencia Mascarada, reunida en su cuartel general de pacotilla, que el código utilizado para cifrar el mensaje era una variación de otro que todos habíamos utilizado alguna vez y que consistía en repetir cada sílaba manteniendo la vocal y anteponiéndole la letra P. Así, una palabra como...

—Como «gonorrea» —propuso Mínguez, solícito.

Una palabra como «gonorrea» se transformaba en «go-ponoporrepeapa» y devenía un significante enigmático evocador de peces hawaianos o de aldeas celtas milenarias. El mensaje que yo había encontrado en el terraplén partía de la misma premisa pero le daba varias vueltas de tuerca. Cada sílaba se dividía en dos: primero se ponían las consonantes, en una sílaba con una vocal cualquiera; luego venía otra sílaba con la vocal, pero se combinaba con alguna consonante para despistar.

—¿Con cualquiera? —preguntó Mínguez.

—Con cualquiera.

—O sea, aleatorio.

—Que sí, Mínguez, joder.

—Te cagas. ¿Y si una sílaba no tiene consonante?

—Pues entonces metes antes una vocal, sola —dijo José Luis, que lo había cazado al vuelo, y señaló el centro del papel arrugado—: mira, aquí para decir «o» han puesto «eco», pero podrían haber puesto «iño», o «apo»...

—¡O «ano»! —exclamó Mínguez.

Estaba tirado. Para codificar los mensajes había que pensárselo y contar con los dedos, pero leerlos resultaba más fácil. Bastaba con retener las consonantes de las sílabas impares para juntarlas con la vocal de las sílabas pares. José Luis, que parecía estar tomándoselo en serio, fue deletreando:

—«E... ca... li... bu».

—Tío, menuda estafa de clave, ¿no? Se entendía mejor antes.

—A ver, esperarse —dije, cogiendo el papel para verlo mejor. Temí haberme dejado llevar por el entusiasmo. Pero José Luis se repuso rápidamente de su traspié mental y leyó de un tirón el texto descifrado: «Excálibur o bilitis». Nada más hacerlo cruzó conmigo una mirada de desconcierto. ¿Y aquello qué era? Parecía un dilema, una disyuntiva, una ordalía: como si a uno le dieran la posibilidad de probar su capacidad de gobernar un reino antiguo y, en caso de fracasar, lo infectaran con una enfermedad exótica. A mí lo de la bilitis me sonaba a tortícolis o a enterocolitis.

Indiana Mínguez dio un aullido de emoción y tiró de nuestros jerséis, tocando a rebato.

—¡Tíos! ¡Son películas!

Con aquel descubrimiento pasábamos de pantalla y poníamos de nuevo la investigación sobre los raíles, pero a la revelación siguieron de inmediato nuevas zozobras. Entonces ¿aquel mensaje no tenía relación ninguna con la cinta de don Donato? Alguna conexión sí habría, en el sentido de que esas películas también podían verse en vídeo, pero no entendíamos por qué alguien codificaría sus nombres, los escribiría en un papel y los abandonaría detrás de una tapia. Afortunadamente, aquel día el cerebro de José Luis ardía en una interminable deflagración de fósforo.

—Si todo esto forma parte del mismo caso, Ramírez debe de conocer el código. Seguidme.

Salimos de nuestro foso saltando el murete con lo que creíamos era agilidad felina y bordeamos el patio pegándonos como sombras a las paredes. Por espacio de unos minutos, la agencia Mascarada fue la improbable aparición de juramentados que había deseado ser desde el principio, la cruzada de unos niños mercenarios y sin escrúpulos, la cabalgata de tres intrépidos mosqueteros hacia horizontes desconocidos.

—Oye, a todo esto, ¿dónde está Quique?

—No lo sé —dijo José Luis secamente—. No soy su chulo.

Eran todavía las nueve menos cinco y en teoría los alumnos solo podíamos entrar antes del toque de sirena si íbamos al oratorio. Siguiendo a José Luis, subimos las escaleras en silencio, electrizados por la excitación, hasta llegar a la puerta de nuestra clase.

—Está cerrada. ¿Y ahora qué?

—Ahora la abrimos —respondió José Luis en un susurro, y sacó del bolsillo un destornillador muy pequeño.

Parecía de juguete, pero era de acero y tenía el diámetro justo para entrar por un agujero minúsculo que había en el pomo de la puerta. José Luis introdujo por allí el destornillador y oímos un pequeño chasquido. «Es el pestillo de seguridad», dijo. La puerta y la boca de Mínguez se abrieron a la vez, casi tanto la una como la otra.

—Tócate los huevos, tronco. La polla con cebolla. ¿De dónde has sacado ese chisme?

—Me lo ha dado Yáguer —dijo José Luis—. Los venden en la ferretería de su padre.

—Se sale.

Aquel era sin lugar a dudas el operativo más épico que la agencia Mascarada había llevado a cabo en su breve historia. Me recuerdo botando de pura emoción, como si ya hubiera vendido los derechos para la adaptación cinematográfica. José Luis se acercó al pupitre de Ramírez y escribió algo que fuimos leyendo por encima de su hombro. Tuvo que borrar un par de letras porque hasta él se liaba un poco con el cifrado. Lo que escribió, convenientemente traducido al código vikingo, fue «deja la cinta en la cajonera». Luego volvimos a salir de clase, cerramos la puerta detrás de nosotros —aunque en realidad ya no estaba tan cerrada como antes—, fingimos jugar en el patio y, pocos minutos más tarde, volvimos a entrar ordenadamente con el resto de alumnos.

Durante la primera hora los tres teníamos clavados los ojos en la nuca de Ramírez, pero este no pareció inmutarse. Todo el día estuvimos en ascuas. No pudimos acercarnos a su mesa durante el recreo, porque por grande que fuera nuestra curiosidad, mayor era la tirria que le habíamos cogido al Oráculo, e intuíamos que aguardaba allí en acecho, en el centro de su telaraña, fotofóbico y vengativo. De todos modos, lo más probable era que Ramírez no tuviera la cinta consigo y hubiera de ir a buscarla a su casa. A la hora de la comida, Mínguez, que se sentaba al fondo, nos dijo que no había visto nada parecido a una casete en la cajonera de

Ramírez, aunque estaba tan llena de papeles, envoltorios y clínex usados que era difícil afirmarlo con seguridad. Por la tarde el Monje tenía tantas ganas de irse de allí como nosotros y nos jaleaba junto a la puerta como un hincha, metiéndonos prisa por que saliéramos; pese a ello, al pasar junto a la mesa de Ramírez tuve suficiente tiempo y sangre fría para cazar fugazmente las dos palabras que él había escrito debajo de nuestro mensaje, a modo de respuesta. La primera llevaba un signo de interrogación; la segunda estaba en castellano corriente. Aunque solo las tuve a la vista durante un segundo, no me costó retenerlas:

CALSUÁ?
GILIPOLLAS

15

Durante el recreo de la mañana íbamos mucho a la galería de alimentación a comprar algo de comer para matar el gusanillo. Unas veces pedíamos una pistola en la panadería, la cortábamos en cuatro y luego le pedíamos al charcutero que nos metiera dentro lonchas de mortadela: nos salía el bocadillo a treinta pesetas por barba, o cosa así. Hubo también temporadas en que solo pedíamos dónuts, o unos bollos que llamaban «triángulos» y que eran unas cuñas enormes de masa industrial y crema pastelera, cubiertas por una cantidad obscena de chocolate. Luego comprábamos un par de pitillos sueltos en el kiosco y nos quedábamos como Dios.

Las galerías de alimentación eran un concepto. Venían a ser como un mercado de dimensiones algo reducidas incrustado en los bajos comerciales de un edificio de apartamentos. Al igual que los mercados tradicionales, las galerías tenían mostradores independientes para los distintos tipos de productos. En los años siguientes quedarían diezmadas ante el avance de los hipermercados. Familias como las nuestras estaban cada vez menos dispuestas a dedicar tiempo y dinero a algo tan accesorio como la alimentación.

—¿Y Quique?

—Creo que está en misa —dijo José Luis.

Mínguez y yo nos reímos estrepitosamente, escupiendo trozos de mortadela.

—Sí, ¿no te giba? —exclamé—; habrá ido a decirle al cura que se meta el sexto mandamiento por el ojete.

—Bueno, tú mismo.

«El ojete». A Mínguez se le fue apagando la risa mientras repetía «el ojete, el ojete». Se notaba que una idea le iba rebotando por los sesos como una bola en la máquina del millón. Al fin, levantó la mano derecha con el bocadillo en alto, como si fuese una prueba de cargo o el libro de los mormones, nos miró alternativamente y cuando estuvo seguro de que tenía toda nuestra atención dijo: «Chicos, acabo de resolver el caso».

Nos arrastró de nuevo al interior de la galería. José Luis y yo le preguntábamos a cada paso qué había descubierto, pero él había visto suficientes películas de suspense como para saber que aún no debía darnos explicaciones. Lo seguimos, dejando atrás la panadería, los frutos secos, la charcutería, la pescadería, la quesería y la frutería; doblamos un recodo que nunca habíamos doblado, donde estaban los ultramarinos, las conservas en escabeche, la carnicería y la casquería. Atendía esta última un joven de veintipico o treinta años, dicharachero como todos los tenderos de entonces. Sus melenas de rockero establecían una compleja dialéctica con el delantal a rayas verdinegras característico del oficio. El mostrador tenía una vitrina transparente en la que se exponían lenguas, menudillos, pezuñas, orejas, rabos, callos, riñones y criadillas. Las rugosidades de estos productos contrastaban con el aspecto brancusiano de los huevos, ordenados por docenas en el lado derecho del mostrador. Allí estaba el animal en sus piezas reconocibles, a precio de pares sueltos, mientras que el puesto de al lado, la carnicería, ofrecía rebanadas fusiformes, sin contexto, en las que el animal se olvidaba de sí mismo. Mínguez se dirigió al tendero y le pidió un ojo de vaca.

—Jobar, chavales, ¿todavía seguís con las disecciones?

Mínguez asintió, como si supiera a qué se refería. El tendero nos dio la espalda, abrió un arcón frigorífico, sacó de él una cabeza de ternera y con un cuchillo pequeño y ancho, como de desgajar ostras, le saltó el ojo izquierdo. Luego volvió a encarar el mostrador, alcanzó un pliego de papel encerado, hizo un cucurucho e introdujo el ojo en él.

—Guárdalo en el congelador el mayor tiempo posible —le dijo a Mínguez—, porque si no se te va a despachurrar.

—Muchas gracias. ¿Cuánto es?

El casquero rockero sonrió e hizo gesto de pasar página con la mano, roja de sangre diluida.

—Nada, hombre.

Con un apabullante sentido de la dramaturgia, Mínguez hizo como que se daba media vuelta pero interrumpió el giro para dirigirse de nuevo al tendero y hacerle una última pregunta en un tono de aparente desinterés:

—Oiga, ¿no le habrá dado ya otro ojo a un chico así como de mi edad, que llevaba nuestro mismo uniforme, del colegio de aquí al lado?

Ahí Indiana Mínguez estuvo fenómeno; yo hay veces que no sé si recuerdo aquel momento o una escena de Colombo. El vendedor dijo que sí, que hacía una semana había venido un muchacho un poco más alto que Mínguez por lo de las disecciones.

—Sí, un poco más alto —dijo Mínguez— pero bastante feo, muy feo, vaya, un feto malayo, así, medio pelirrojo y tal...

—Mira —respondió el tendero con retranca—, yo es que de tíos no entiendo; pero sí, debe de ser ese. ¿Es colega vuestro?

—¿Ramírez? Sí, mucho.

16

El suelo era de linóleo verde oscuro, sucio, pisado. Sé que era un garaje, aunque no había coches. Estábamos jugando al fútbol, pero al parecer yo era todo lo que quedaba de mi equipo. Solo veía contrincantes, jugadores que driblaban y regateaban alrededor de mí como avispas descaradas. Todos ellos llevaban, sobre el uniforme de futbolista, unas chaquetas azul marino con botones dorados como viejos doblones. Aunque sus rasgos eran huidizos y proteiformes, yo sabía que todos ellos eran hermanos, Chinchillas de pura cepa, con excepción del jugador número once, que no era otro que Quique. Yo lo divisaba entre las cabezas enemigas y le gritaba que se pusiera de portero en nuestro arco desprotegido, pero entonces dejaba de verlo, y el ruido que hacían las botas de goma en el linóleo sonaba como una bandada de gaviotas hambrientas. Me abría paso pegando patadas y haciendo unas entradas durísimas a los Chinchillas; al menor roce se quebraban y rezumaba de su interior una pulpa opalina como la del aloe, hasta que de improviso vi rodar el balón hacia mí. Controlé y ya iba a subir por la banda cuando reparé en que el balón era la cabeza de mi amigo. Atónito, en una lasca de tiempo vitrificada y solitaria, me acuclillé y vi salir de su boca un largo platelminto que era también una filacteria en la que ponía: «Yo soy el Elegido. ¿Y tú?».

Cuando me levanto hace tiempo que mi madre se ha ido ya a trabajar pero por la noche aprovecho un intermedio publicitario para preguntarle si cree en los sueños. Ella me mira como recelando una trampa y responde con un lugar común: «Claro que sí; si te lo propones, puedes conseguir cualquier cosa». Todas las madres se ven obligadas a erigir ante sus hijos una barbacana de optimismo inamovible porque la vida está llena de mierdas, y si demuestran flaqueza sus hijos lo van a notar, y van a tirarse al suelo y a gimotear y a patalear y a graznar como ocas, y eso va a hacer que la mierda fermente y se esponje como un suflé hasta invadir todos esos recovecos de sus vidas que todavía contenían algo de oxígeno y en los que podían respirar e incluso fumarse un cigarrito rápido de vez en cuando. Yo esto lo entiendo bastante bien, pero creo que a mi edad, en la que pocas cosas pueden convencerme de que el mundo no es un timo refinado y cruel, esos fingimientos resultan ya algo innecesarios.

—No, esos sueños no —digo—, los otros. Los de dormir. ¿Tú crees que quieren decir algo?

—No sé. A veces. A veces lo que pasa en sueños luego se cumple. O eso dicen.

—¿Y no te preocupa el libre albedrío?

Mi madre parece que pierde pie, pero en realidad se ha despistado con George Clooney, que sale en la pantalla comprando café en cápsulas.

—¿Y por qué me habría de preocupar el libre albedrío?

—Hombre, pues ya me dirás.

Se levanta, se acerca a la cocina y saca del horno unas empanadillas que frio ayer para ganar tiempo.

—Mira, justo el otro día soñé que tu padre, que Dios tenga en su gloria...

(Esto de la gloria lo dice por ver si se muere antes. Mi padre no solo no está muerto sino que la última vez que lo vi se había echado gomina. Clooney sorbe un buchito de café y les hace ojitos a las mozas).

—... que tu padre, digo, era el papa de Roma y que me regalaba millones de catecismos para que ningún niño del mundo se quedara sin educación.

La verdad es que me ha roto bien el saque. Del catecismo de la Santa Madre Iglesia a la alfabetización universal hay un salto simbólico al alcance solo de trapecistas temerarios. Ella debe de notarlo porque se apresura a agregar que lo dice por lo de Sanromán, que va sobre ruedas.

—No me dirás que no es premonitorio.

Me voy a quedar con la duda de si en el sueño de mi madre Sanromán es el papa, mi padre o el superyó, pero ya no me atrevo a preguntarle nada, no vaya a asomarse de nuevo su subconsciente y me dé un susto.

Mi sueño también ha debido de ser premonitorio, pero premonitorio del pasado, que es algo más sibilino y un punto menos herético.

17

Otros se entregaban al fútbol, a la guitarra eléctrica, al ilusionismo, a los juegos de rol o a las máquinas de los recreativos, pero a lo que Ramírez dedicaba lo mejor de sus días era a ser un descerebrado. Lo digo con cierta admiración porque hoy estoy convencido de que no tenía disposiciones para serlo y de que su estupidez era el resultado de un terco ejercicio de la voluntad.

Un día, en octavo, nos pusieron de deberes el comentario de uno de los poemas más célebres de la literatura española: «La canción del pirata», de Espronceda. En la clase siguiente el profesor pidió a varios alumnos que leyeran su ejercicio. El de Ramírez decía así:

«La canción del pirata» es un neoclásico del siglo XX.

Es un soneto claro y métrico, algo arromanzado, que normalmente se cantaba o se leía, pero no siempre. Su autor utiliza el simbolismo, es decir, que emplea palabras diferentes para decir lo mismo.

Las cuatro primeras estrofas son perfectas. En las siguientes hay alejandrinos de ocho sílabas, y a veces un hemistiquio. Las rimas han sido dispuestas por el autor.

El personaje se dirige directamente al público con intereses lucrativos. A veces trata de paisajes.

Con cada frase nos reíamos a mandíbula batiente; no siempre éramos capaces de identificar el error, pero el más obtuso de nosotros comprendía que aquello era una sarta de barbaridades demasiado perfecta para ser producto de la ignorancia. El mismo Ramírez leía su ejercicio con un tono campanudo tras el cual me pareció que asomaba el rabo la ironía. Así lo debió de entender también el profesor, quien le mandó callar diciéndole que el espectáculo había terminado.

Pero el espectáculo, por supuesto, no había terminado, porque Ramírez estaba dispuesto a hacer del fracaso escolar una nueva forma de arte. Recuerdo varios momentos, siempre breves, en los que se traicionó por un exceso de empeño. Aquella clase de Inglés, por ejemplo, en que le pidieron que dijera su edad y él exclamó «¡ay firtín!», con un acento cañí en el que se revelaba una incompetencia inverosímil. O aquel día, cuando aún éramos pequeños, en que, en medio de una clase, se levantó, caminó tranquilamente hasta el pupitre del Chochito, le quitó su estuche Pelikan y se bebió el bote de tinta china. «Es que me gusta», dijo con la boca negra, y aunque el profesor lo mandó a urgencias él se fue a los recreativos. O aquella vez que, sin motivo aparente, le clavó un lápiz en la nalga a Toledano, al que sí tuvieron que llevar a urgencias, tendido boca abajo en el asiento de atrás de un taxi. O cuando le quitó las gafas a Yáguer —a quien Navarrete había tumbado previamente de un puñetazo en el estómago— y las tiró por la ventana con tanta fuerza que cayeron en medio de la calzada y Yáguer solo consiguió encontrar el cristal derecho.

Quizá ni siquiera el propio Ramírez entendiese por qué ponía ese ahínco en decepcionar a los adultos y en tiranizar a sus compañeros. No era, como digo, producto de la simple incompetencia, y tampoco procedía de un instinto autodestructivo, porque sus pifias tenían un alcance calculado, de manera que las expulsiones nunca sumaban más de unos pocos días, y el número de asignaturas suspensas nunca rebasaba el que le impediría pasar al siguiente curso.

Ramírez no era el primer alumno que combinaba de un modo creativo y personal los suspensos, el desinterés y la sociopatía. Había habido otros en nuestra misma clase, pero de algún modo el colegio había conseguido desembarazarse de ellos. Se decía que si a Ramírez lo llevaban tolerando tantos años era porque su padre dirigía un importante periódico deportivo. El robo de la cinta de don Donato bien podía ser una más de sus intervenciones erráticas y destructivas, pero al mismo tiempo revelaba una planificación incongruente con su estilo reactivo y frugal.

—Ahora sí que lo hemos pillado. —En su imaginación, Mínguez tenía ya a Ramírez tendido sobre un charco de agua helada y esposado a una cañería—. Se acabaron las tonterías, mamonazo. Te voy a hacer cantar como un canario.

—Vale, tío, relaja paquete.

José Luis habitaba una película distinta a la de Mínguez. Si efectivamente era Ramírez el que había sustraído la cinta, se trataba sin más de una nueva capullada kamikaze en la que había muy poco que rascar y, desde luego, ni pizca de conspiración. En cualquier caso, ¿qué ganábamos nosotros revolviendo en ese asunto? No íbamos a sacar una mierda. Si la cosa se torcía, Ramírez nos echaría encima a Navarrete —que venía a ser algo así como su caudillo— y al matón de su hermano, y no habría día en que entrásemos en el colegio sin que nos partieran la cara.

—A menos, claro —concluyó José Luis—, que estéis enamorados de don Nonato y queráis conquistar su corazón devolviéndole su cinta mierdera.

—No, tío, no es eso. Si encontramos la cinta, lo primero que hay que hacer es analizarla.

—Tíos, se os va la pinza —José Luis insistía con el mismo tono sosegado que luego he oído mil veces en los valedores de los reglamentos y de los males menores—. No sé qué esperáis encontrar en ese vídeo. Y, sobre todo, no sé qué esperáis de Ramírez. Si lo que os proponéis es aplicarle el tercer grado, solo conseguiréis cabrearlo más.

Eso era cierto. Ramírez era inmune al dolor: por eso no le daba miedo pelearse, ni ponerse de portero, ni saltar el potro, ni jugar al calientamanos. Hacía poco, entre clase y clase, había metido el dedo índice bajo la grapadora y, para incredulidad de media docena de compañeros, había accionado el cabezal de un enérgico puñetazo, insertándose la grapa hasta la bola. Si eso era lo que hacía Ramírez para pasar el rato, no había dolor que nosotros pudiéramos infligirle que le obligase a revelar ningún secreto.

Habíamos salido de la galería de alimentación y nos habíamos sentado de medio culo entre los coches aparcados, esperando que llegase el momento de volver a clase. Saqué del bolsillo una cajetilla de Condal donde quedaba un único cigarrillo, arrugado y algo falto de sustancia. Como hacía viento, lo metí bajo el jersey para encenderlo antes de pasárselo a José Luis.

—Joder, qué mal sabe esta mierda.

Claro que sabía mal: probablemente había pasado cuatro años en la máquina expendedora antes de que lo comprase yo, pero creía haber hecho un buen negocio, porque eran cigarrillos más largos que el resto. Durante un rato estuvimos allí, entre un Seat Panda y un Renault 9, compartiendo un pitillo que sabía a verdad incómoda y a delito contra la salud pública. Yo cogí el envoltorio que nos había dado el casquero, saqué el ojo y lo puse encima de un limpiaparabrisas, con la pupila mirando al interior del coche. Habría que ver qué cara ponía el dueño cuando se sentase al volante.

—Ya lo sé —dijo Mínguez, conteniendo el humo en los pulmones—. Ya sé cómo hacer que Ramírez cante. Pero vas a tener que ayudarnos, José Luis. Aunque sea tu último trabajo para la agencia Mascarada.

En aquel momento sonó, lejana, la sirena. De una toba, Indiana Mínguez proyectó la colilla encendida por encima de la tapia del colegio, directamente al área de preescolar.

18

Esto también debió de ocurrir por entonces: una tarde, al salir de clase, se me acercó una chica y me dijo «tú eres Álvaro, ¿verdad?». Aunque tenía más o menos mi misma estatura, a mí me dio la impresión de que era más alta, porque me sacaba unos años. Su pelo castaño estaba perdiendo el tinte rosa chicle que había tenido hasta entonces y se derramaba sobre sus hombros en lenta gradación, como un arce acariciado por el otoño. Llevaba unos pantalones vaqueros claros, con unos sietes a través de los cuales se veían dos o tres centímetros de muslo; una chupa corta, también vaquera, y debajo un jersey de punto demasiado grande para ella, de un color verde intenso que se daba de patadas con todo lo que estuviera cerca, pero que subrayaba, por contraste, el candor de sus mejillas. Las cejas, espesas pero apartadas, le daban una mirada limpia y alegre.

Me pareció la ramera de Babilonia.

Sentí crecer a mi alrededor la onda expansiva del asombro, interrumpiendo conversaciones e imantando las pupilas de los demás.

—Depende de quién lo pregunte —respondí, y me apresuré a sacar un Ducados. Yo me daba cuenta de que la había visto antes, pero no acertaba a decir dónde.

Ella rio y me preguntó si había visto a su hermano; «a Quique», precisó enseguida.

Eso era, entonces. Pero hacía ya tiempo: un año, o año y medio, después de haber echado la tarde en su casa jugando al *Dungeons & Dragons*, una exhalación adolescente que salía al conservatorio, o que regresaba del conservatorio, y de la que por un instante se prendió mi curiosidad.

Respondí que sí, que Quique había salido de clase unos pasos por delante de mí, y suponía que se había ido a casa.

—No, a casa no ha ido —dijo ella con convicción—. Gracias de todos modos.

Se despidió brevemente, recuperando un tono cantarín. Mientras miraba cómo se fundía en el tráfico, otros fogonazos se encendieron en mi memoria: un cuarto en el que sonaba Bananarama, una goma de saltar abandonada en el taburete de la cocina, un test de la revista *Super Pop* que alguien había rellenado y que Quique y yo leímos con alborozo. Pero el piso de Quique era demasiado grande para que nos cruzásemos con ella. No era solo cuestión de dimensiones: aquella casa reunía las características de mi hábitat natural, intuitivamente comprendía la función de cada espacio, y la usábamos sin perturbar la presencia de los demás, como las distintas especies de la sabana bajan por turnos a beber a los marjales. Por eso, aunque había estado en casa de Quique un buen número de veces, apenas vi nunca a sus padres. Ni a su hermana.

Navarrete se me acercó por detrás y me dijo:

—Qué, cobraba demasiado para ti, ¿eh?

Y algo más allá se quejó Mínguez:

—Tío, la has espantado.

—Ya —repliqué distraído—; de todas maneras mi chorra no le iba a caber.

Siempre había que estar demostrando algo.

19

—¿Dónde cojones están?

Casi todos los demás alumnos habían terminado ya de vestirse y habían subido al aula, donde en pocos minutos empezaría la clase de Matemáticas. En el vestuario solo quedábamos tres o cuatro estudiantes, ajustándonos los cordones de los zapatos, y Ramírez, que revolvía el contenido de su bolsa de deporte, buscando algo que, como nosotros bien sabíamos, no estaba allí. Se había puesto el niqui y el jersey de pico, pero de cintura para abajo solo llevaba los calzoncillos, los mismos slips blancos que llevamos todos los demás, sin excepciones, hasta el final de nuestra escolaridad.

Los vestuarios tenían siempre el mismo olor acre y húmedo. Solían tener encendidos en permanencia los tubos de neón, porque la luz natural solo podía entrar por un tragaluz alto, cubierto de rejas, cuyo cristal no se había limpiado jamás. A lo largo de las paredes había bancos corridos, y al fondo un tabique de azulejos ocultaba las duchas, que eran dos y que, aunque nadie nos había prohibido utilizar, no utilizábamos. Habría resultado imposible que pasásemos por aquellas dos duchas cuarenta alumnos en los siete u ocho minutos de que disponíamos entre el final de la clase de Educación Física y el comienzo de la siguiente; pero además todos habíamos llegado a la conclusión, independientemente unos de otros, de que ducharnos allí no solo atentaría contra la pureza, la decencia, el recato o el pudor, sino que además nos expondría a alguna broma cruel parecida a la que en aquellos momentos sufría, contrariando los dictados de la prudencia más elemental, el sanguinario Ramírez.

—Es que me cago en la puta...

Mínguez se dirigió a él desde una distancia prudencial.

—Qué mala suerte, ¿verdad, Ramírez? ¿Cómo vas a volver a casa sin pantalones? Espero que no te vean tus vecinas, porque se van a descojonar cuando descubran que tienes culo de pollo.

Ramírez —que, como ya he dicho, no era tan tonto como él mismo pretendía parecer— empezó a recelarse algo y se enfrentó a Mínguez, quien dio inconscientemente un paso atrás y prosiguió hablando con un poco menos de aplomo.

—A lo mejor, no sé... A lo mejor si nos dijeras dónde está la cinta del Donato, tus pantalones aparecían milagrosamente... ¡Cosas más raras se han visto!

Ramírez se abalanzó sobre Mínguez, lo estampó contra la pared y le aprisionó el cuello con el antebrazo. El canto del banco quedaba a la altura de las corvas de Indiana Mínguez, quien perdió el equilibrio y comenzó a manotear intentando adherirse a la pared como una salamanquesa para compensar el peso de su cuerpo.

—Me sopla la polla el pantalón. Me voy a poner el del chándal y te voy a dar de leches hasta que escupas los dientes por el culo, maricona de mierda.

A través del niqui, Ramírez le agarró una tetilla con la mano libre y se la retorció. Indiana Mínguez habría aullado de dolor, pero como al mismo tiempo lo estaban asfixiando, solo pudo emitir un gañido angustiado desbordante de babas.

Todo estaba saliendo a la perfección.

Sin acercarme demasiado a Ramírez, señalé con el pulgar a mis espaldas y grité: «Eh, comepollas, ¿este es el pantalón de chándal que te quieres poner?».

Fuera del vestuario, recortándose en el vano de la puerta, se encontraba José Luis. Tenía unas tijeras de escritorio en la mano derecha, y en la izquierda un pantalón de deporte doblado por la mitad. En cuanto Ramírez le puso la vista encima, José Luis cortó el pantalón en dos por la entrepierna, de arriba abajo, arrojó los pedazos al suelo y salió corriendo.

Ramírez soltó a Mínguez e hizo ademán de perseguir a José Luis, pero se detuvo bruscamente en el umbral, al comprender que si alguien lo veía en ropa interior fuera del vestuario, se convertiría en un paria para siempre. Aprovechando ese momento de indecisión, Mínguez y yo nos lanzamos sobre la puerta y la cerramos detrás de él. Si quería entrar a recuperar sus pantalones, tendría que decirnos dónde estaba la cinta. Y debía decidirse rápido, porque de un momento a otro bajaría a cambiarse el siguiente curso que tuviera clase de gimnasia, y lo encontrarían allí con una mano detrás y otra delante.

Ramírez todavía estuvo maldiciendo durante uno o dos minutos antes de darse por vencido. Abrimos la puerta. Convulso, con las pantorrillas al aire, el calzoncillo a media nalga y el jersey a la remanguillé, Ramírez me pareció más temible de lo normal, más adentrado en la barbarie y más capaz de cualquier cosa. Mínguez, con el rostro aún congestionado, se había sentado en el banco y tosía con toses de náufrago. Lo primero que le dijo a Ramírez cuando pudo volver a hablar fue:

—No ha estado mal... ¿Tú también te has corrido?

Ramírez le dirigió una mirada asesina, pero yo le hice gestos apremiándolo:

—¿Dónde está el vídeo del niño Nonato?

—Y yo qué sé, gilipollas.

—Sabemos que lo cogiste —dijo Mínguez—. Te han reconocido en la galería de alimentación.

Nos miró con extrañeza, tardando algunos segundos en recorrer mentalmente los pocos pasos que había entre la casquería y la desaparición de la cinta. Luego nos confesó, escupiendo las palabras, que efectivamente había sido él quien había extraído la cinta de la cartera del profesor, y para que no se la pillasen en la mochila la había escondido inmediatamente detrás de los radiadores. Así pudo pasar airosamente la inspección de mochilas y de cajoneras. Cuál no sería su sorpresa cuando al día siguiente, antes de que los demás entrásemos en clase, fue a buscarla y lo que encontró detrás del radiador fue una carátula distinta. Alguien le había dado el cambiazo: ya no era la peli del Donato, sino una grabación casera de cuando echaron *La bruja novata* en la tele.

—Joder, menuda bola —dije.

—Me la suda si os lo creéis o no —dijo Ramírez—. Por mí, vuestra agencia Más Cagada puede salir en busca de la cinta perdida y metérsela por el culo. Ya os he dicho lo que sé, ahora dadme los pantalones.

Miré a Mínguez, que asintió. Di un silbido y me giré hacia el tabique que ocultaba las duchas. De allí salió Quique, olisqueando un pantalón de uniforme y hablando consigo mismo como un actor ambiguo.

—Esto apesta a vaselina. ¿De quién puede ser? Sin duda de alguien con el esfínter tan dilatado que dentro puede aparcarse en doble fila.

Entonces Quique fingió reparar en la presencia de Ramírez, hizo un gesto de espantada, le tiró los pantalones a la cabeza y huyó como alma que lleva el diablo. Mientras se terminaba de vestir, Ramírez farfulló que éramos unos mongolos, que nos iba a cortar el rabo y que quería inmediatamente el dinero para comprar un nuevo chándal. Mínguez, que ya había llegado al patio, recogió el pantalón de deporte que José Luis había tirado al suelo, lo extendió como quien pone en suerte a un morlaco y desde allí lo increpó a gritos:

—¿De qué estás hablando, Ramírez? Tu chándal está perfecto. Me empiezas a preocupar, tío: de tanto pajearte te estás quedando gilipollas.

Habíamos ejecutado el plan con una precisión milimétrica. Mínguez había acabado convenciendo a José Luis de que colaborase con nosotros haciendo una versión barata del truco de la corbata cortada, sin exponerse mucho. Robarle a Ramírez el pantalón del uniforme durante la clase de gimnasia había sido pan comido; en cambio, para sustraerle el pantalón de deporte entre el momento en que se lo quitaba y el momento en el que echaba en falta el otro par había sido necesario distraerlo con medios radicales, entre ellos un calvo ejecutado con estilo y pulcritud por este menda.

Ramírez no nos cortó el rabo, pero tardó en olvidar la afrenta, bastante insólita en los anales de su dictadura. Desde aquel día y hasta las vacaciones de Semana Santa emprendió una larga operación de represalias, consistente en ponernos chicles en el pelo, eructarnos en la cara, robarnos las treinta pesetas del bocadillo y tirar nuestros cuadernos a los urinarios. Los cuatro inspectores de la agencia Mascarada aguantamos heroicamente porque sabíamos que no estábamos perdiendo estatus social, sino que estábamos saldando una deuda, y que algún día acabaríamos de enjugarla.

Pero a pesar del engrasado trabajo de equipo y de la hombría con la que fuimos encajando la venganza seriada de Ramírez, nuestra incertidumbre era ahora mayor que antes. No cabía duda de que Ramírez estaba enredado en algún negocio turbio, de que alguien le ayudó a apropiarse de la cinta, y de que ese robo tenía que ver con otras cintas. Sin embargo, creíamos su versión de los hechos, en parte porque tenía el acento de la verdad, y en parte porque nos la relató en calzoncillos, que era lo más cerca que íbamos a estar nunca de tenerlo cogido por los huevos.

Si Ramírez tenía razón —y estábamos convencidos de que tenía razón—, la cinta de don Donato obraba en poder de alguien tan inteligente que en solo unas horas, entre la tarde de un día y la mañana del siguiente, había adivinado lo que nosotros habíamos tardado dos semanas en averiguar, había comprendido de inmediato el interés potencial que presentaba el vídeo neoyorquino de don Donato, había intuido dónde se hallaba escondida la casete y había conseguido entrar en clase antes de que entrase alguien que tenía mucho interés en entrar antes de que nadie más entrase.

20

Subimos del gimnasio para encontrarnos una inscripción en la pizarra, escrita en grandes letras mayúsculas. Lo que allí ponía, dispuesto en vertical al estilo de un poema de vanguardia y lanzando rayos y estrellas como en la cubierta de un disco psicodélico, era

EL DON
ATO
ES
TÉRIL

La siguiente asignatura era Matemáticas, que daba el Monje. Cuando entró en clase podía habernos montado un número como el que organizó su colega unos días antes, con tortura psicológica, incentivos a la delación y el tormento de la privación sensorial. En cambio, se quedó parado unos segundos delante de la pizarra, la borró y volvió a salir de clase, algo más pálido de como había entrado.

El Monje había sido nuestro profesor de Inglés en quinto de EGB; en sexto nos había dado Pretecnología, en séptimo había vuelto a darnos Inglés y en BUP impartía la clase de Matemáticas. No era un monje de verdad, era un señor fondoncete que cuando empezamos a tratarlo tenía una calva incipiente con forma de tonsura, de donde le venía el apodo; con el tiempo se había ido quedando más calvo, pero como era llanote y de buen comer, seguía teniendo un aire a fraile motilón de cromo antiguo.

Ahora, de todos los hechos enigmáticos que contiene esta relación, los que más desazón me producen son los que ocasionamos nosotros mismos. Como la carta que Quique le había enviado al Señor Foca un par de años atrás.

Todo comenzó en clase de otro, en una clase del Monje, precisamente. Se conoce que aquel año no tenía ganas de trabajar, o que ya nos había enseñado en quinto todo el inglés que sabía, porque se lo pasó mandándonos portadas. «Hoy empezamos tema nuevo» decía, «comparativos y superlativos. Hala, poneos a hacer la portada». Y se sentaba a leer el *ABC*.

Los alumnos más obsequiosos o más apocados dedicaban efectivamente toda la hora a decorar una hoja del cuaderno: primero escribían en letras grandes, como de cartel taurino, el título de la unidad; luego les daban relieve; luego añadían rayos o haces que salían de detrás de las letras, como si los superlativos y los comparativos fueran un LP de los Grateful Dead o las mismísimas tablas de la Ley; a continuación coloreaban el conjunto con rotuladores fosforito, y para terminar añadían algún grafiti de Muelle, o algún *smiley*, que entonces eran cosa nueva y supuestamente molona.

Era para matarlos.

La inmensa mayoría, no obstante, entendía que la portada era una tregua pactada, un ardid por el que un profesor nos dejaba tranquilos a condición de que nosotros lo dejásemos tranquilo a él. Muchos comenzábamos cambiando discretamente de sitio para hablar en voz baja con nuestros amigos, y así fui yo a sentarme junto a Quique y vi que en su cuaderno había escrito, con mayúsculas desmañadas, «PRESERVATIVOS Y SUPERLASCIVOS».

—Bueno, pues esto ya está.

Estuvimos hablando un rato, no sé de qué, y de algún modo terminó cayendo en la cuenta de que había olvidado hacer una actividad importante para la evaluación, que consistía en escribirle una carta al Señor Foca.

—Joder, tío, la puta carta de los cojones —Quique en séptimo ya hablaba así—. Menuda gilipollez, ni que tuviéramos cinco años. Seguro que luego coge las cartas y las olisquea y se soba con ellas, el muy cabrón. Señor Foca, cabrón, pedazo de bujarra, cómprate la *Playboy* y déjanos en paz.

Y mientras hablaba con el Señor Foca como si lo tuviera allí delante aguantando con estoicismo el chaparrón de injurias, Quique arrancó una hoja del cuaderno, se acomodó los huevos con descaro de taxista e hizo además de ponerse a escribir.

—Ostras, tú —dije yo, deteniendo su gesto—. ¿Sabes lo que molaría? Lo que molaría sería mandarle un anónimo.

La idea era de las que cuelgan bajo, ya que se trataba simplemente de asentar por escrito la pirotecnia oral de Quique. Este abrió la boca con sorpresa exagerada, como si en realidad hubiera estado esperando a que alguien dijese en voz alta lo que su subconsciente llevaba diez minutos gritándole dentro de la caja craneana. Luego, mordisqueó el bolígrafo con histrionismo, esperando a que le llegase la musa del taco, que, como bien sabíamos sus amigos, siempre andaba rondándolo igual que una gata en celo.

Como todos los colegios e institutos del mundo, el nuestro tuvo también un Señor Foca, porque la foca y la morsa son casi el mismo bicho, porque los niños no tienen la imaginación que se les atribuye, porque los profesores tampoco se distinguían precisamente por sus chispeantes personalidades y porque los bigotes, conservados únicamente por quienes eran demasiado viejos para renegar de su pasado o quienes no encontraban otro medio de afirmar su autoridad, se habían convertido para entonces en rasgos singularizantes por lo que poseían de residuales. Nuestro Señor Foca debía de tener algún complejo, porque nos había pedido que lo retratásemos, que le grabásemos casetes, que escribiéramos historias en las que saliese él como personaje y que le enviáramos cartas, para lo cual había cometido la imprudencia de darnos sus señas. ¿De qué nos daba clase el Señor Foca? No tengo ni la menor idea. En cambio, recuerdo unos cuantos detalles de la carta que Quique le escribió, silabeando las palabras conforme las iba garrapateando sobre el papel.

Querido Señor don Foca, dos puntos. Quiero aprovechar esta oportunidad para decirle que usted y todos los profesores son una panda de impotentes miserables. Ojalá se despeñen todos juntos por un barranco, y se incendie el monte y luego construyan un embalse encima.

Cuando el Monje nos manda hacer ejercicios en clase pone cara de lelo. ¿En qué piensa el Monje cuando se queda así? Yo lo sé: el Monje está pensando en que cuando termine la clase irá a una frutería, comprará un cuarto de kilo de cerezas, las meterá en un condón y se lo introducirá cariñosamente por el ano. Es lo único que consigue dar un poco de color a su vida de eunuco sin tele.

En cuanto al Donato, es un baldragas comemierda. Un día se le puso tiesa y se fue al médico pensando que era una hernia. Antes de mear se tienta los bolsillos porque nunca sabe dónde ha dejado la picha.

Pero usted es el peor, con su bigote que parece el vello púbico de una furcia vieja. Trato de no mirarlo de frente para que no me den arcadas. Estoy seguro de que se masturba con nuestras redacciones, razón por la cual escribo apretando mucho el boli contra el papel, porque si no, se borra.

Mínguez se había dejado caer por allí, atraído por las vibraciones de excitación que desprendíamos, arrimó una silla delante del pupitre y puso el grano de sal de alguien que quería ser un hombre de acción y era en realidad un niño de libros.

—Pon «baldragas» —había dicho.

—¿Y eso qué es?

—Tú ponlo.

Pero como las barbaridades nazis y obscenas que Quique escribía nos daban la risa floja, el Monje consideró que está-

124

bamos incumpliendo el tácito tratado de no agresión y nos mandó regresar a nuestros pupitres. Luego vino otra clase y otro recreo y otra clase más y nos olvidamos del asunto.

Dos o tres semanas después, en medio de una lección de Lengua, hizo irrupción el Señor Foca, visiblemente sulfurado —erizado el bigote, exorbitados sus ojos de huevo duro—, caminó hasta la mesa del profesor y le dijo algo en voz baja.

—Enrique Ruiz Larrañaga.

Quique —Larrañaga, Larra, Fresa— se levantó y acompañó al Señor Foca. Estas situaciones, que no se producían a menudo, solían querer decir que había una urgencia familiar: un hermano descalabrado, un padre al que habían tenido que llevar al hospital, un abuelo fulminado de un infarto, la llamada de alguien que recogerá a los niños de camino al tanatorio. Los escenarios de este tipo solían resolverse con el regreso al aula del estudiante que, moqueando y sorbiéndose las lágrimas, recogía sus cosas y se iba. Y efectivamente, diez o quince minutos más tarde Quique volvió a clase moqueando y sorbiéndose las lágrimas. Pero no recogió sus cosas ni se fue, sino que se sentó, clavó la vista en el manual de la asignatura y aparentó seguir la lección.

En el cambio de clase me acerqué y le pregunté si había ocurrido algo.

—No —dijo, con la cara churretosa—. O sea, sí. Que ha recibido la carta.

Cuando entendí de qué carta se trataba se me cayó el mundo encima y supuse que enseguida vendrían a por mí. Habíamos subestimado al enemigo. Recordaba que Quique había forzado la letra, pero de algún modo el Señor Foca se las había ingeniado para identificarlo sin vacilar. La tinta no podía habernos traicionado, porque el bolígrafo de Quique era el mismo tipo de Bic azul que mordisqueábamos la mitad de los alumnos, pero no podía descartarse que hubiera sacado las huellas dactilares del papel. Quizá fuera verdad que el Señor Foca olía los trabajos y podía reconocer al autor de cada uno por el olor corporal. Aunque ahora que lo pensaba, lo que yo mismo habría hecho, de ser él, es estudiar el lado del papel que se había separado del cuaderno de anillas, ya que siempre se quedaba algún trocito desgarrado en la espiral o, al contrario, había agujeritos que no se habían roto, lo que permitía vincular una hoja con el cuaderno del que procedía. Por no hablar del tipo de papel, de la cuadrícula, del color del margen, del bisel en las esquinas... Quique, que escuchaba mis elucubraciones desconcertado, no tardó en interrumpirme:

—No, no... Sabe que soy yo porque leyó el remite.

«Leyó el remite», así de simple. Quique había escrito una carta llena de obscenidades con una letra que no era la suya, la había dirigido al profesor más malencarado que conocía y había escrito tranquilamente su propia dirección en el sobre. Por eso digo que los misterios mayores, o por lo menos los más desasosegantes, están en nuestra mente, y sobre todo en la mente de Enrique Ruiz Larrañaga, Quique, alias Fresa.

He pensado luego mucho en ese anónimo estrepitosamente fallido, en ese gesto contradictorio y suicida con el que Quique pudo haber salido para siempre del colegio y de nuestras vidas. Creo, por un lado, que el texto trasladaba una impresión verdadera de lo que los profesores eran para nosotros: un hatajo de naderías, alzados por mor de su fe al rango de gallitos de corral. Creo, también, que de esa impresión nosotros no éramos los únicos responsables. Y creo, en fin, que aunque a Quique las atrocidades le servían indirectamente para contrarrestar su aspecto algo frágil, su voz asmática y su cara pecosa de huerfanita británica, él las decía sobre todo por amor al arte; es decir, por una genuina afición a la maledicencia y al denuesto manierista. La carta que había empezado a escribir en clase era en sustancia una verdad literaria, una representación figurativa de la realidad, una hipérbole desquiciada que, aunque se sustraía con obstinación a cualquier intento de lectura irónica, no debía leerse en sentido literal.

Lo que intuyo —aunque nunca le pedí que me lo confirmara, y quizá él mismo hubiera sido incapaz de hacerlo entonces— es que, de alguna manera, Quique tuvo presente en todo momento que se trataba de un ejercicio. El Señor Foca, nuestro sargento, nos había ordenado que le enviásemos una carta, y que yo sepa Quique no envió ninguna otra con la que cubrir el expediente y guardarse las espaldas. Aquella carta, la única que escribió, era para él el ejercicio que le habían encargado: un ejercicio de estilo, un soberbio despliegue de bilis quevedesca, un alarde de virtuosismo en el subgénero epigramático. Que el Señor Foca no supiera entenderlo así era, ante todo, una deficiencia del Señor Foca.

Aquel día, sin embargo, solo quise saber si iban a expulsar a mi amigo, y por eso le pregunté qué era lo último que le había dicho el Señor Foca antes de dejarle regresar al aula. Con los ojos aún húmedos, Quique me miró y compuso su media sonrisa de hijo de perra encantador:

—Me ha dicho —dijo— que se la metiera despacito, porque tiene almorranas y le escuece.

21

La asociación de padres de alumnos ha hecho unas fotocopias con un tono redentor que a mi madre la pone negra. «Se trata de algo tan simple como reutilizar libros —dice—, no de abrir una leprosería». Tendrá que aguantarse, no obstante: a quien debe gustar el gusano es a los peces, no al pescador. La asociación considera que ha cumplido dando su bendición al proyecto y mediando en la comunicación con los demás padres. Los aspectos concretos de la campaña de recogida vuelven a incumbir al jefe de estudios, quien no ha desaprovechado la oportunidad para manifestar un entusiasmo inmoderado. Impulsado seguramente por un comprensible pudor ante las anotaciones que puedan contener los manuales cedidos, Sanromán ha insistido en ocuparse de seleccionar los que estén en buen estado. Mi madre ha propuesto que involucre en el escrutinio a algunos estudiantes de bachillerato, diciéndose que podría ser una experiencia formativa para ellos. «¡Y tanto que lo sería!», ha respondido el muy adulador. Habrá que ver, de todos modos, si puede cazarse aún a algún alumno a finales de junio, porque el depósito de libros solo tiene sentido una vez terminadas las clases.

Ha quedado convenido que los libros se donen en la secretaría del propio colegio, el viernes de la entrega de notas. De ese modo, solo se desprenderán de los manuales quienes no los necesiten durante el verano para preparar los exámenes de recuperación.

Mi madre no tendrá que hacer nada; el propio Sanromán se encargará de transportar las cajas, al día siguiente, al local de Cáritas de la calle Teniente Muñoz Díaz. Tiene una Renault Trafic de nueve plazas con la que conduce a los chavales a hacer actividades deportivas los fines de semana, y malo será que no quepan en ella los libros, una vez abatidos los asientos.

A mi madre, con el Pasmao Sanromán, se le hace el culo gaseosa.

—No sé por qué lo teníais tan atravesado —me dice—, con lo solícito que es. ¿Sabías que se pasa las vacaciones trabajando de monitor en campamentos de verano? Ahora mismo, en pleno curso, es preceptor de varios chicos con dificultades escolares, organiza un cinefórum y da clases de refuerzo en una asociación juvenil.

Mi madre exagera su embeleso por Sanromán, reprochándome de manera algo esquinada lo que alguna vez ha llamado «mi personalidad pasiva e individualista». Esta complicidad adolescente entre mi madre y Sanromán me produce algo así como un choque anafiláctico, una febrícula psicosomática. Entonces, para ver las cosas más serenamente, me acerco al mueble bar a ver si está disponible el soberano. Es él quien me enseña a reconocer en el romance platónico y algo oligofrénico entre el Pasmao Sanromán y mi madre, a contrapelo del tiempo, mi auténtica progenie, mi herencia anacrónica, como si yo fuera el crononauta que amaña el noviazgo de sus padres, el profeta de mi propio nacimiento, una cosa así. En esa película contrafactual que se proyecta en la oscuridad de mi calavera mientras, haciendo muecas varoniles, apuro el vaso de brandy, mi padre biológico lee la prensa y se toma una cerveza que no le gusta mientras mi madre, como Mia Farrow en *La semilla del diablo*, es fecundada por un jumento endomingado, con traje de desenterrado y corbata lisérgica.

Pero el acoplamiento mitológico ha acabado teniendo un desenlace de opereta.

—Bueno, bueno —repite mi madre, con una sonrisa pícara—. Bueno, bueno, bueno.

Poco a poco me entero de que el santo de su devoción ha terminado pasándose de santo. Mi madre lo ha llamado por teléfono para pedirle que en la carta a los padres de alumnos se soliciten expresamente atlas y diccionarios escolares, obras de consulta que, por no estar asociadas a ningún curso concreto, nadie suele tener el reflejo de donar. Y al final, de un modo completamente espontáneo y medio por compromiso, ella lo ha invitado a cenar en casa uno de estos días, como una manera de agradecerle su participación entusiasta en la campaña diocesana de acompañamiento a la infancia en riesgo de exclusión social. (Mi madre se atiene siempre a la denominación oficial de la campaña, sacrificando cinco segundos sobre el altar de la corrección política, aunque le da la pronunciación presurosa y poco articulada de una oración litúrgica).

El Pasmao podía haber declinado cortés pero nítidamente; mi madre no habría insistido ni se lo hubiera echado en cara. También podría haber aceptado la invitación, por supuesto, y entonces habría descubierto la maña que se da mi madre en freír congelados, hornear *paninis* y hervir sopas de sobre. No hizo ni una cosa ni la otra. Hubo una pausa en la conexión, un silencio breve pero cargado de presagios, un lapso fugaz en el que la situación tejió un capullo y sufrió una atroz metamorfosis. Luego, el Pasmao respondió que se sentía muy halagado, que mi madre sin duda era una mujer merecedora de todas las atenciones y que, en otras circunstancias, en otro lugar, en otro siglo, él habría sabido hacerla feliz; ahora bien, aunque no diera esa impresión, él había contraído con el Señor un compromiso absoluto, en el que no quedaba espacio para las pasiones humanas. Los días de Sanromán no tenían, no debían tener horas que no estuvieran consagradas al apostolado, a predicar el Evangelio a la juventud española. Sanromán perseguía una santidad sin votos ni botas, una santidad de parque multiaventura y merendola en Siete Picos, una vocación de aeromodelismo y fútbol sala, incompatible con los lazos del matrimonio, que no por ser sagrados dejan de ser lazos. Lazos, por lo demás, indisolubles, que a mi madre, en tanto mujer divorciada, le vedaban la posibilidad de fundar una nueva familia con la que dar gloria al Altísimo. Lamentaría que ella hubiera cobrado falsas esperanzas y, si así fuera, ella debía perdonarlo y ofrecer su decepción al Señor, en desagravio por los pecados del mundo.

Mi madre relata la conversación con un regocijo infantil, como si el Pasmao Sanromán fuese un animalejo exótico, un nudibranquio que las olas hubieran arrojado a la terraza de un chiringuito.

—Bueno, bueno, bueno. Quién lo habría dicho.

Yo lo habría dicho. Yo sé que esa babosa de mar a la que los veraneantes fotografían con repelús es el macho alfa de su propio ecosistema.

22

Antes de entrar al oratorio uno metía los dedos en una pequeña pila de agua bendita que había junto a la puerta y se los tendía al que venía detrás. Este le tocaba las yemas de los dedos y ambos se santiguaban entonces con el agua así racionada, que suponíamos sería un recurso caro: agua milagrosa traída del mismísimo río Jordán o del aguamanil del papa Wojtila. El agua bendita ahuyentaba a los demonios, según había comprobado don Rogelio infinidad de veces.

—Será que le echan bromuro —solía decir José Luis.

El oratorio tenía un olor característico que era la suma de otros dos: el de la cera fundida y otro más metálico que me intrigó durante mucho tiempo y que resultó ser el humo que desprendían las pastillas de carbón artificial que se usaban para prender el incienso en las misas solemnes. El humo denso del incienso se disipaba, y le sobrevivía durante semanas ese otro tufillo a soldadura autógena.

El oratorio tenía suelos de mármol blanco y reclinatorios de madera clara, por lo que de costumbre era un lugar diáfano y luminoso. En esta ocasión, sin embargo, casi todas las luces estaban apagadas. A un lado, frente al altar, había una mesa baja, cubierta por un tapete de terciopelo granate que reflejaba la luz de un pequeño flexo; al otro lado pendía el cirio rojo que indicaba la presencia del Señor —es decir, la existencia de formas consagradas dentro del sagrario—. Era la escenografía tétrica que requerían los pactos o las conjuras. Don Rogelio, sentado a la mesa, estaba iluminado desde un ángulo atípico que le hacía brillar el mentón y los pómulos.

Aunque no era raro que el capellán nos congregase para darnos una meditación —y menos si, como entonces, estaba concluyendo la Cuaresma—, no puedo evitar la sospecha de que lo que nos dijo aquella vez mantenía una vinculación indecisa con nuestro caso. La plática arrancó, como era habitual, con una serie de consideraciones sobre el sexto mandamiento:

—Por guardar la pureza os llamarán cualquier cosa. No quiero ni imaginar lo que os llamarán. Seréis perseguidos, como anunció Jesucristo que sus discípulos serían perseguidos, y eso os debe llenar de orgullo. No os avergoncéis, no os preocupéis por lo que otros pensarán, por lo que dirán cuando no estéis delante: eso son los respetos humanos. A nosotros no nos preocupa lo que piensen de nosotros los demás: nos preocupa lo que piense Dios, que ve dentro de nuestro corazón. Quienes vivimos la castidad no tenemos de qué avergonzarnos: nosotros tenemos la mirada limpia y un corazón que no nos cabe en el pecho. Tenemos la reciedumbre de los soldados de Cristo, y no tiene que venir nadie a darnos lecciones de virilidad.

Don Rogelio alzaba la barbilla con ademán de legionario. La luz del flexo se reflejaba en el tapete y lo iluminaba al bies con unos visos de incendio que rimaban con la lamparilla del tabernáculo.

—Los que deben avergonzarse son los otros —prosiguió, con un volumen de voz cada vez más desmandado—. Los que no saben mirar a las mujeres a la cara. Los que tienen la mirada turbia y la sonrisa triste. Los que confunden el amor con la satisfacción de instintos primitivos y aberrantes. Los que andan como animalitos, sujetos al dictado del vientre.

Al llegar aquí, parecía que don Rogelio estuviera saldando una cuenta personal: tronaba como un desaforado, y la vehemencia de su discurso lo llevaba a apoyarse en la mesita, irguiendo el cuerpo como si se fuese a levantar, aunque no se levantaba.

—¡Ellos son los que han perdido la virilidad, los que han dejado de ser hombres! ¡Con el alma encenagada, están más cerca del mono que del hombre! ¡Y como los monos, los tienen pequeños y pegados al culo!

En aquel momento pudimos reír, debimos reír, pero nadie se atrevió, sobrecogidos como estábamos por el empleo de aquel léxico cuartelario en presencia del cuerpo de Cristo transubstanciado.

—Pequeños y pegados al culo —prosiguió, recuperando un volumen más bajo pero no menos ominoso—. Como los monos. Esos pobrecitos que nos miran sin vernos, porque su mirada solo busca el vicio, y el vicio no está en nuestro pecho. Esos desgraciados que atraviesan el mundo hostigando a unos contra otros, levantando falsos testimonios y destruyendo las reputaciones de los siervos de Dios. Esas criaturas innobles que rebajan la honra de los demás para que todos quedemos a su altura de sabandijas rastreras. Esos miserables que lanzan la piedra y esconden la mano, que golpean en la oscuridad buscando las cabezas de los justos porque no tienen... riñones para decir las cosas a la cara. Esos no son hombres: son mujerzuelas, son invertidos afeminados y cobardes, y hasta ellos mismos se desprecian.

Don Rogelio se adentraba nuevamente en un *crescendo* que prometía conducir al apocalipsis o a la apoplejía, hirviendo bajo la presión de dos vectores de fuerzas contrarias: una que lo retenía cargándole de hombros y clavándole las manos a la mesa, y otra que lo impelía a levantarse de su asiento y fulminarnos a todos a guantazo limpio. Pero nadie recuerda qué más dijo ese día, porque mientras vociferaba contra los monos, unas volutas de humo cada vez más densas empezaron a elevarse de la mesa y a enroscársele en las manos. Él debió de atribuir a su virtuosismo retórico el estupor que sin duda se pintaba en nuestras caras, porque continuó creciéndose y encadenando anatemas cada vez más furibundos y barrocos contra las sanguijuelas traidoras, los mariposones sin palabra, los hermafroditas delatores, cada vez más envuelto en una humareda que parecía venir del averno y que nosotros, que no habíamos olido jamás el azufre, creímos que olía a azufre. Hasta que alguien, por fin, dio un grito ahogado:

—¡Se quema! ¡Se quema!

—Exacto —dijo él—, se quema en el infierno, arde en el fuego sin llama de su propia cobardía...

—¡No, la mesa! ¡Se quema la mesa!

Don Rogelio se interrumpió, miró al lugar del que procedía el grito, y luego bajó la vista al tapete. El flexo, por efecto de una potencia decididamente viril, y demasiado próximo al tapete de peluche, lo había chamuscado formando un disco pequeño pero visible. Más tarde, cuando abandonábamos el oratorio, rompí la formación para acercarme a verlo y parecía que Satanás había dejado un momento allí el *gin-tonic* antes de pasarnos el brazo por el hombro a alguno de nosotros.

A ese milagro bufo le siguió otro verdadero, o al menos uno que aquel día tuvimos por verdadero, aunque solo asistimos a él dos personas. Quique y yo salíamos de los últimos, y cuando apenas había traspuesto la puerta del oratorio él me agarró de la manga y de un tirón enérgico me arrastró junto a la concha de agua bendita. Yo debí de protestar de forma refleja, pero él no contestó. Demudado, señalaba el agua, que había empezado a bullir en la pila con un burbujeo menudo. Los dos retrocedimos instintivamente, electrocutados por un mismo escalofrío. Tenía una lógica extraña y como parabólica que aquella mañana en que don Rogelio había estado a punto de explotar por combustión espontánea, el agua bendita entrase en ebullición. En ese momento un niño de otro curso que se disponía a entrar en el oratorio metió con un gesto mecánico los dedos en la pila y se persignó como si tal cosa. Quique quedó obnubilado delante del prodigio, y su boca pronunció palabras inaudibles.

23

Pasó la Semana Santa y al llegar la primera clase de Ciencias Naturales nos encontramos con que no había nadie para darla. El Señor Foca se presentó esa mañana y nos explicó que don Donato había comenzado a trabajar en otro colegio, por lo que pronto nos asignarían a un nuevo profesor con el que estaríamos hasta las vacaciones.

¡Pobre don Dondón! El niño Nonato ascendió a los cielos, se fue a predicar a otros rebaños interplanetarios. Ya no volveríamos a verle hacer manoletinas a las sillas, ni nos admiraríamos de que se la refanfinflase el ARN mitocondrial, ni dirigiría el rezo del Ángelus como el que anuncia las estaciones en las que para un tren de cercanías.

Noté una suave presión en el costado izquierdo, miré de reojo y vi que Zurita me tendía un papel doblado en ocho. Lo tomé, lo desplegué y leí: «Es por lo que escribieron en la pizarra».

—¿De dónde viene esto? —susurré de refilón. Zurita se encogió de hombros. Busqué con mis ojos los de mis socios detectivescos, esperando ver en alguno de ellos el guiño que rubricase aquel papelito. La única mirada que salió al encuentro de la mía fue la del propio Señor Foca, al máximo de su potencia desintegradora.

No obstante, prosiguió el Señor Foca cuando consideró que me había ionizado lo suficiente, estaríamos en deuda con don Donato mientras no le restituyéramos un objeto que, como todos sabíamos, había desaparecido en nuestra clase. Podía parecernos un asunto de poca monta, pero el colegio había decidido hacer de él un caso ejemplar. Lo que importaba no era el valor material del objeto usurpado, sino su importancia simbólica, ya que era por fisuras como aquella que podía comenzar a cuartearse el código ético en el que nos habían formado. Por consiguiente, mientras no apareciese la videocasete con el documental sobre el holocausto de embriones, tendríamos controles certificativos semanales. Empezando de inmediato.

El Señor Foca ignoró con altivez olímpica nuestras protestas y, hojeando el libro de texto, nos dictó las preguntas más retorcidas que se le vinieron a las mientes. El ciclo del carbono, la fuerza de Coriolis, el modelo de Watson y Crick y la evolución del hombre. Este último era un tema que todavía no habíamos dado, pero creo que fue la pregunta que mejor me salió. Tenía solo una idea confusa de cómo el hombre había llegado a ser el hombre, más influida por el libro del Génesis que por *El origen de las especies*; en cambio, sabía con bastante exactitud cuál sería la evolución póstuma del hombre, lo que ocurriría cuando muriera y perdiera su ser temporal. La parte del juicio individual, las indulgencias y la parusía la podía recitar de carrerilla. Solo un fenómeno se resistía a mi ciencia necromántica, y era el de las muy frecuentes y documentadas experiencias de visiones espectrales.

Sin duda fue por eso por lo que aquella tarde, mientras nos dirigíamos a la parada del 30, nos enfrascamos en la discusión de una de las mayores leyendas paranormales de aquel Madrid: los fantasmas del palacio de Linares. En un caserón enorme, que había pertenecido a unos marqueses y llevaba abandonado desde antes de la guerra, se habían hecho unas grabaciones en las que se oía llorar a una niña pequeña. Esa niña habría sido el fruto de un amor incestuoso y sus padres la habrían emparedado viva para evitar el escándalo. La revista *Tiempo* había regalado con uno de sus números una casete con las psicofonías. En ella se oía una voz jadeante de mujer, lamentándose de que su hija Raimunda nunca la hubiera llamado «mamá»; luego venían una serie de golpes y otra porción de ruidos indistintos, y al final —¡era escalofriante!— podía oírse a la propia Raimunda susurrando «no tengo mamá, no tengo mamá».

José Luis decía que la voz de Raimunda era la de la misma mujer de antes, pero en falsete. Además, no podía tragarse que una grabadora puesta en marcha por la noche captase cosas que el oído no puede percibir. Si no las oyes tú con las orejas, tampoco las va a oír un micrófono, que no deja de ser un trozo de cartón conectado a un alambre.

De camino a la parada pasamos junto a dos muchachas que estaban comiendo pipas, los pies sobre el asiento de un banco y el culo en el borde del respaldo. Notamos sus miradas curiosas, quizá algo divertidas, pero nosotros continuamos a lo nuestro, hasta que una de ellas, cuando ya las habíamos rebasado, nos preguntó, casi gritando, si teníamos fuego. Entonces Mínguez y yo, como activados por el mismo resorte y sin dignarnos mirarlas, les mostramos el dedo corazón (entonces no se decía aún «hacer una peineta») y seguimos hablando entre nosotros como si tal cosa.

—Lo que estaría muy guay —dije— es hacer noche en el palacio para comprobar si es verdad que no se oye lo mismo que se graba.

Mínguez secundó la moción en el acto, aunque no iba a ser fácil que faltásemos de casa tanto tiempo; quizá bastaba con que estuviéramos unas horas, hasta las nueve o las diez. Decidió buscarle las cosquillas a Quique, que venía muy taciturno.

—Será mejor así —le dijo—, porque si tú te quedases a dormir en el palacio ibas a ser poseído por los espíritus... ¡en el sentido menos espiritual de la palabra!

Quique debería haber respondido: «Esa sí es una psicofonía que tú querrías oír»; o «Siempre había querido hacerle un hijo a un ectoplasma pero no sabía por dónde metérsela»; o «Suponiendo que puedas matar a alguien a polvos, ¿lo puedes resucitar también a polvos?». Pero no dijo nada de eso. Una nube pareció eclipsar su rostro, soltó una risa forzada y sacó el tabaco del bolsillo.

Tan sumergidos estábamos en nuestras divagaciones parapsicológicas aquel día que no le dimos importancia al hecho de que Yáguer viniera con nosotros. Durante aquellos meses, Yáguer acompañó muchas tardes a José Luis, algo que a mí me estomagaba profundamente, aunque no atinase —o no me atreviera— a explicar por qué. Aquel sarnoso nos seguía mendigando unas miajas de amistad, la calderilla de los afectos, sin reparar en que nos estorbaba y, peor aún, nos comprometía. Casi siempre se limitaba a escuchar, sin meter baza. Por no tener que verlo, y sobre todo por que nadie me viera con él, había dejado de ir muchas tardes a casa de José Luis, pero no podía evitarlo eternamente. No, al menos, sin evitar también eternamente a mis otros amigos.

Aquel muchacho me daba una urticaria prelógica, tribal, y eso que para entonces Yáguer, si bien tenía todavía la boca de buzón de Mick Jagger y el jersey plagado de pelotillas de lana, había perdido su aspecto trashumante porque Ramírez y Navarrete lo habían cogido por banda y lo habían trasquilado con unas tijeras de manualidades. Uno o dos días después, cuando lo vio con el pelo corto, el Monje le dio una colleja y le dijo «hombre, al fin pareces persona».

Continuamos discutiendo sobre por qué los lamentos de Raimunda no se percibían directamente pero sí quedaban registrados en la cinta electromagnética. A lo mejor estaban en una frecuencia muy baja y solo se volvían audibles al acelerar la cinta; o al revés, igual se grababan a una frecuencia muy alta y había que pasarla más lento. Según habían dicho en la televisión, podrían ser ondas estancadas, ondas que habrían seguido rebotando entre las paredes del palacio debido a las peculiares cualidades acústicas de este. ¿Por qué no habría de ser?

José Luis repuso que esas habitaciones tendrían que haber permanecido en un absoluto aislamiento durante cien años para que una onda sonora pudiera conservar su inercia. El mero hecho de interferir en esa atmósfera para grabar la onda residual terminaría de desmenuzarla.

—Y además no me entra en la cabeza por qué una niña fantasma iba a andar diciendo que no tenía mamá si quien la había matado era precisamente su madre.

Indiana Mínguez le dijo que cuando no quería entender se ponía muy coñazo, y que evidentemente el fantasma se quejaba de lo que ya había ocurrido para él como fantasma. Él era partidario de la tesis psicogenética, según la cual lo que había grabado el magnetofón no eran ecos de palabras pronunciadas por la Raimunda viva, sino los gemidos de la Raimunda muerta. Pero al llegar ahí cayó en la cuenta de que quienes debían de estar llorando en esos mismos instantes como almas en pena eran sus hermanos pequeños, ya que, abstraído como estaba en la conversación, había olvidado que debía acompañarlos a casa, así que arrojó al suelo el pitillo, lanzó un par de interjecciones churriguerescas y regresó corriendo por donde habíamos venido.

Quique no había intervenido en la conversación, y la estampida de Mínguez dio pie a que él también se despidiera; dijo que había quedado con Chinchilla y sus amigos futbolistas, y se metió por una calle transversal que ninguno de nosotros había tomado antes.

24

Álvaro se había hecho fuerte en la escalera de la torreta, disparando con goma doble. Toledano había creído que el elástico de una carpeta multiplicaría la fuerza del tiro, solo para descubrir amargamente que no podía domeñar ese tipo de tensión en la horquilla de los dedos. Postigo se retiraba con un verdugón en la mejilla: aquello se había puesto serio. Detrás de la esquina, Mínguez quedaba fuera de nuestro alcance y se tomaba el tiempo de apuntar, asomando solo un ojo y guiñando el otro como para protegerlo de la pólvora. Al pie del muro, Rodríguez de Mierda se había quedado sin municiones y recibía una de cada dos postas, sin atinar a decidir en qué dirección escapar. Yo disparaba de lejos contra todos, sin hacer distingos ni afinar la puntería, con la superioridad que me daba ser el único que aquel día había traído un tiragüitos.

Aún quedaba la mitad del recreo cuando Chinchilla se me acercó y me dio recado de que, de parte de don Rogelio, que fuera a verlo. El mensaje implicaba, ahora me doy cuenta, que fuera cuando terminase el recreo, pero uno tiene que aprender también a entender lo que no se dice, y yo entonces aquello que Chinchilla no dijo no lo entendí, de modo que le cedí a Mínguez el tiragüitos, salí corriendo, subí las escaleras y llegué a la sala de profesores, junto a la cual don Rogelio, por ser el capellán, tenía su despacho. Llamé con los nudillos dos veces, sin recibir respuesta. A la tercera me atreví a girar el pomo. La puerta estaba cerrada con llave.

Esperé un rato en el distribuidor que conectaba la sala de profesores con el área de dirección. Era un espacio reducido y oscuro, con una puerta a cada lado —la tercera, de cristal esmerilado, daba a las escaleras por las que acababa de subir; la cuarta, a un aseo vedado a los alumnos—; sobre un esquinero me vigilaba una talla de la Virgen de pretensiones románicas. Me entretuve, como otras veces, en darles vueltas a algunos misterios teológicos. ¿Cómo puede ser completa la felicidad en el cielo si alguien a quien quieres se ha condenado? ¿Pudo tener hijos Caín con una mujer que no fuera hermana suya? ¿Puede un católico aspirar a ser astronauta, a sabiendas de que en el espacio exterior nadie le administrará los sacramentos? Cuando uno se muerde las uñas ¿queda roto el ayuno que debe preceder a la comunión? Si en cuestiones de pureza no hay parvedad de materia, ¿puedes condenarte por mirar unas bragas colgadas en un tendedero? Si le enseñas a alguien una revista porno y lo apuñalas por detrás un segundo después, ¿se apiadará Dios de su alma? ¿Cómo puede ser la homosexualidad un vicio contra natura si el perro de mis primas se restriega contra otros perros machos e incluso contra algunos machos humanos? Si, como dijo don Rogelio, el Espíritu Santo no creó material genético en el útero de la Virgen María, ¿por qué nació un niño, y no un clon de la Santísima Virgen? Yo hubiera querido poder presentarles a los curas del colegio una lista con estas dudas para que nos las resolvieran de una vez por todas, pero algún tímido intento se había saldado con resultados descorazonadores. Una vez Quique le preguntó a don Rogelio si fumar no iba contra el quinto mandamiento, aunque fuera un poco, habida cuenta que deterioraba el cuerpo, propiedad divina, templo de la gracia, tabernáculo del espíritu, etcétera. Don Rogelio lo agarró de la nuca como si fuera un muñeco de ventrílocuo, y le dijo que no debía atar moscas por el rabo y que se fuera por ahí a jugar al fútbol. Nosotros seguimos debatiéndolo y llegamos a la conclusión —provisoria— de que el espíritu sopla donde quiere y Dios da el cáncer a quien le peta, y que el mundo está lleno de fumadores empedernidos que viven hasta los cien años mientras sus mujeres y sus hijos van cayendo a su alrededor como chinches. Don Rogelio, que era un hombre santo, fumaba como un carretero y daba testimonio con su supervivencia de la predilección que Dios sentía por él.

Estas cuestiones, con las que Quique y yo podíamos perder recreos completos, a José Luis no le daban ni frío ni calor. Yo no entendía que uno pudiese andar tan tranquilo por el mundo sin saber, por ejemplo, si su ángel custodio es o no es capaz de leer la mente. El dilema no es pequeño: en un caso le puedes decir telepáticamente «ficha a Fulano, que me la tiene jurada», y en caso contrario tienes que decírselo en voz alta, pero no tan alto como para que lo oiga Fulano y te fostie.

Pasados unos minutos de cábalas, la inactividad me hizo más sensible a los sonidos y percibí un rumor de conversación que procedía de dirección, de esa zona noble del colegio donde se recibía a los padres. Había un tresillo, una mesa baja con un cenicero y, más allá, un gran escritorio donde se aburría el jefe de día. El jefe de día era cada día un chaval distinto, uno de quinto o de sexto que por turnos ejercía de botones, dispensado de la obligación de asistir a clase. Desde allí procedía la voz enfática que tan bien conocíamos de don Rogelio. Fui a su encuentro pero no me atreví a importunarlo porque la voz salía concretamente del despacho del director, cuya puerta estaba entornada. Estando así las cosas, me senté tímidamente en una de las butacas del tresillo y esperé a que pudiera atenderme.

Transcurrieron varios minutos más, durante los cuales alguien salió de otro despacho, un señor al que yo apenas conocía de vista, y al que si viera por la calle no relacionaría necesariamente con el colegio. Este señor le dio doscientas pesetas al jefe de día y le pidió que fuera a buscarle un paquete de Fortuna a la máquina del bar. El pobre jefe de día no era, en realidad, jefe de nada.

Hoy me parece un falso recuerdo que la puerta del director estuviera entreabierta, habida cuenta de los chalaneos que este se traía con don Rogelio, pero así estaba. Quizá porque estaba más habituado a perorar, don Rogelio tenía un tono de voz más resonante, sin llegar a ser ampuloso. Como en una conversación telefónica de película, yo solo distinguía las palabras de uno de los interlocutores, y a trechos un zumbido que eran las respuestas del director, desfallecidas, como en sordina.

—Un chico buenísimo, buenísima gente, este Sanromán. Ha hecho una carrera brillante... Derecho, es verdad, pero con unas inquietudes culturales fuera de serie. Muy leído. El otro día, sin ir más lejos, me explicó que hay que activar más músculos para estar serio que para reír. ¿No te parece increíble? La alegría es nuestro estado natural, para enfadarse hace falta un esfuerzo fisiológico. Eso es algo que los chicos deben aprender... Y de todos modos, va a ser difícil encontrar a otro suplente para los dos meses escasos que quedan: será su forma de velar armas, y el curso próximo estará al cien por cien... Es muy jovencito, sí, pero eso creo yo que nos conviene. No tiene resabios, como otros.

Esto último me pareció que don Rogelio lo decía con segundas. Luego añadió también algo que no comprendí muy bien sobre aquel gobierno, sobre alguien que se había marcado un gol en propia meta y sobre cómo la ley les daba luz verde para trabajar con una persona de la casa, o algo parecido. Supongo que quedaron de acuerdo, porque el director zumbó una última vez, claudicante, cuando ya se veía la mano de don Rogelio asida a la hoja de la puerta para terminar de abrirla y salir. Se inmutó un poco al encontrarme esperando en el sofá.

—Hombre, Alvarete, ¿qué haces aquí?

Antes de que yo dijera nada exclamó «ah, ya», recordando sin duda que era él quien me había mandado llamar. Hizo un gesto torero que comenzaba como un abrazo pero que en realidad estaba destinado a dirigirme desde el tresillo hasta la puerta de su despacho.

Don Rogelio cerró la puerta detrás de nosotros, se sentó en un sillón tapizado en pana y sacó el paquete de Ducados. Encendió uno y me ofreció otro, que rechacé. Inhaló y me estudió durante unos segundos. Tenía las piernas cruzadas y el brazo izquierdo posado con algo de chulería sobre el respaldo del sillón. La sotana estaba impoluta. Siempre me pareció que se daba un aire a Al Pacino, y por las poses que adoptaba diría que él era consciente de ello.

—¿Cómo estás? —dijo al fin.

—Bien.

—¿Y tus padres?

—Bien también.

—Tu padre trabajaba en la Renfe, ¿no?

—Sí —contesté—, en la estación de Príncipe Pío. Y mi madre en Telefónica.

—Ah, tu madre también trabaja.

Don Rogelio hizo una pausa y luego me preguntó si mis padres seguían yendo a misa. Contesté que sí. Debió de notar mi extrañeza porque añadió que, conforme los hijos íbamos creciendo, muchas familias abandonaban las prácticas de piedad. Eso me dejó aún más estupefacto porque yo había dado por hecho que quienes íbamos al colegio éramos todos católicos incondicionales. En mi casa no rezábamos el Ángelus a mediodía y alguna vez me había extrañado que mis padres, en lugar de confesarse, asistieran a las penitencias comunitarias de la parroquia, donde se daba una absolución colectiva, pero lo veía como una decisión práctica ante la escasez de tiempo de los sacerdotes, algo así como un aprobado general. La única familia de la que sospechaba que no iba a misa los domingos era la de José Luis.

Como si me hubiera leído el pensamiento don Rogelio me preguntó, sin darle excesiva importancia, si seguía siendo amigo de José Luis.

—Sí —respondí.

—No me gusta que lo veas tanto —dijo él—. Intenta tratar más a otros chicos. Sabes identificar a la gente legal, con valores, con simpatía. A los tíos listos.

—José Luis es muy listo.

Don Rogelio no me contradijo, sino que hizo otra pausa para echar la ceniza del cigarrillo en un cenicero de cristal de roca.

—José Luis es listo pero también es un soberbio. Está pasando por la edad del pavo y se tiene por un pequeño Voltaire. Mira, Álvaro, a los amigos hay que seguirlos hasta las puertas del infierno, pero no más allá. Dentro de unos años, cuando José Luis haya superado este sarampión y se dé cuenta de dónde están los auténticos valores, te encontrará allí esperándole.

Se rio con una risa que no hacía ruido y estiró con la mano un pliegue de la sotana.

—Bueno, ¿y de pureza qué tal andamos?

Esta era la parte previsible de la conversación.

—Bien —dije.

—¿No ha habido tocamientos torpes?

Negué con la cabeza. Yo sabía de qué estaba hablando porque me lo había explicado él un par de años atrás. Habíamos aprendido a expresarnos mediante un léxico forense y distanciado con el que casi parecía que analizábamos lo que le hubiera ocurrido a otra persona, aunque tampoco nos impidiera descender a los pormenores.

—Pero habrás tenido alguna polución nocturna...

Don Rogelio empleó un tono mundano y casual. Asentí.

—¿Cuándo fue la última? —me preguntó. Dije que había sido la semana pasada, o por ahí. En realidad hacía más tiempo, pero no quería pasar por una ameba asexual.

—¿No te despertaste?

—No, creo que no.

—¿Cómo que crees que no? O te despertaste o no te despertaste. Mira que mentir en confesión constituye un sacrilegio. Vamos a ver, ¿dónde tenías las manos?

—No sé. A los lados, supongo.

—Pero por dentro del pantalón.

No llegué a negarlo porque tampoco llegó a ser una pregunta. El capellán meneó la cabeza mientras se inclinaba a apagar el cigarrillo.

—Ay, Alvarete... Recuerda que en materia de pureza no hay pecados veniales. Tu cuerpo lo ha creado Dios, es su santuario, y no puedes disponer de él a tu antojo. Ni tú, ni el mundo, ni... —vaciló, antes de concluir con un deje de impaciencia—, ni nadie.

El capellán hacía largas pausas en las conversaciones. Nosotros no estábamos habituados a esos ritmos y nos revolvíamos inquietos, rebuscando angustiosamente en la sesera algún escrúpulo o algún pecadillo de saldo con el que rellenar esos silencios incómodos. Otras veces, la culpa y la vergüenza eran compañía suficiente para atravesar esos páramos de la conversación. Don Rogelio se repantingó de nuevo, suspiró dos o tres veces y al cabo me dijo, con grandes cautelas, que torpezas como aquella estaban inspiradas a menudo por el recuerdo de películas deshonestas. Era un caso que a él se le venía presentando últimamente con una frecuencia alarmante. Esto me puso la mosca detrás de la oreja. Muy pocas familias tenían aún televisión de pago, y había que tener dieciocho años para entrar en los reservados de los videoclubes. ¿Cómo iba a ver yo esa clase de películas?

—Eso querría saber yo —dijo don Rogelio, sonriendo con la media sonrisa que le sale a Al Pacino cuando guarda un as en la manga—. Supongo que alguien podría realquilártelas. Algún amiguete con enchufe...

Nos mirábamos como se miran los jugadores de póker por encima de las cartas.

—Alguien mayor que yo... —sugerí, esperando que él completase la frase, pero no dijo ni que sí ni que no. Por un momento llegué a preguntarme si no estaría proponiendo ser él ese traficante de ficciones. Traté de leer en sus ojos lo que esperaba que dijese, pero él los amusgaba, escaneándome como Terminator. Tendría que disparar a ciegas.

—Alguien que tenga bula.

A don Rogelio le pirueteó una ceja. Luego, soltó su risa de hiena y desvaneció de un manotazo al aire el holograma hipotético que habíamos fabricado a medias. Acababa de comprender que yo era un pobre zoquete.

—Anda, ponte de rodillas, que te dé la absolución.

—Ave María Purísima.

25

El idilio inconsciente de mi madre con el lelo Sanromán ha llegado a su fin, y ello ha tenido consecuencias inesperadas. Para ahorrarse el trance embarazoso de tener que hablar de nuevo con ella, Sanromán ha aducido exceso de trabajo y se ha desvinculado de la colecta de libros. El expediente ha ido a caer en manos del director del colegio, y lo primero que este ha hecho ha sido citar a mi madre. No iba tanto mi madre al colegio cuando yo estudiaba allí.

—Aquí el que no corre vuela —dice ella, nada más volver a casa.

Esta vez no le han ofrecido café. Mi madre ha salido iracunda, y habla a chorro sin quitarse siquiera la chaqueta. Bajo el volumen de la tele, aunque estaba en lo mejor de un documental sobre reptiles australianos. Por las señas, el director actual no debe de ser el mismo que había en mis tiempos. Según me explica ella, la atmósfera olía a Varón Dandy, linimento y tabaco negro. A un lado tenía a un capitoste del patronato propietario del colegio, y al otro, al capellán, que ya eran ganas de darse tono, llamarse capellán a estas alturas.

—Di, ese capellán, ¿fumaba?

—Mucho. Se parece a ese actor... El de...

—El de *El padrino*.

—Ese.

A lo que iba: el director y el capellán han comenzado poniendo por las nubes la iniciativa de mi madre, como si no fuera una cosa de sentido común. Luego ha tomado la palabra el tipo del patronato para poner de manifiesto su voluntad de dar continuidad a la campaña, no solamente en Hayedo, sino en todos los colegios que tenía en la Comunidad de Madrid la obra pía a la que él representaba. Y para que esta determinación sea vinculante, el Varón Dandy del patronato la ha recogido en un memorando de colaboración del que mi madre ha recibido doble copia. Excelentes noticias, ¿verdad? Demasiado buenas, piensa mi madre, oliendo a chamusquina.

El director le ha hecho notar que no todos los colegios manifiestan el mismo compromiso con la prioridad... —aquí ha bajado la mirada para leer la fórmula precisa en un papel—, la prioridad diocesana del acompañamiento escolar a familias en riesgo de exclusión social. Era una lástima que esto, en la archidiócesis, no se supiera.

Mi madre me hace la crónica de su reunión como si me interesase, con la voz resollante de pura ansiedad, los gestos maquinales de las rutinas cotidianas interferidos por una indignación creciente. Deja las llaves del coche sobre la encimera; las vuelve a coger; las agita en el aire puntuando una exclamación, abre el frigorífico, saca un cartón de leche, se sirve un vaso en una taza, se da a todos los demonios, abre un armarito, coge una galleta, la eleva sobre su cabeza como si estuviera sacando una tarjeta roja, la mete en el bolso y vacía la taza de leche sobre el fregadero sin haberla probado. En la televisión sin sonido del cuarto de estar, una serpiente, harta del acoso de pequeños saurios multicolores, regurgita el gecko que se había zampado un minuto antes.

—Lástima que el arzobispado no sepa estas cosas —le ha dicho el director a mi madre—, la colaboración entusiasta de nuestro colegio con Cáritas, la lealtad de nuestra obra pía hacia la provincia eclesiástica. Así dicen luego que ellos van por libre. La infancia: ¿qué colegio sino el nuestro, que ha sido puesto bajo el patrocinio de los Santos Inocentes, puede preciarse de representar mejor a la infancia, prioridad diocesana para el año en curso?

Era importante que esto trascendiera, ahora que el gobierno autonómico estaba repartiendo terrenos a mansalva para construir colegios religiosos. Y se daba la circunstancia de que el solar más hermoso de todos los de este ejercicio administrativo había ido a aparecer en la circunscripción de la vicaría IV de Madrid, que mi madre conoce tan bien. ¡El equivalente de tres campos de fútbol reglamentarios! ¿Había visto ella alguna vez un estadio de primera división? Era una cosa impresionante, una cantidad de suelo público que ponía la carne de gallina. Allí podía meterse holgadamente un colegio a todo tren, con polideportivo, gimnasio, piscina cubierta y dos o tres canchas de pádel. Pero se hablaba de adjudicárselo a los jesuitas, lo cual era un despropósito. ¿Cuánto hacía que la Compañía no daba muestras de sensibilidad social? ¿Acaso la Compañía se había comprometido por escrito a conservar los libros de texto de un curso a otro, y a hacérselos llegar a los alumnos menesterosos de los colegios públicos?

El sacerdote echó su cuarto a espadas entre dos caladas:

—De la Compañía salen más sofistas que buenos cristianos. Son los fariseos de la Iglesia.

Por todo ello, era muy conveniente que el memorando de colaboración recibiera el aval de la archidiócesis. No cabía duda de que, si mi madre se lo encarecía en nombre de Cáritas diocesana, lo estudiarían. Estábamos hablando de decenas de miles de libros de texto, que podrían recogerse a través de los colegios de su patronato: de los colegios presentes y —recalca el director, con intención— de los colegios futuros. Aún estaba a tiempo el arzobispo de ejercer, a la luz de este memorando, su derecho de arbitraje en la concesión del solar de la vicaría IV, comprendiendo que el porvenir de la infancia —prioridad diocesana, no lo olvidemos— se conformaría mejor al mensaje evangélico si fueran ellos, y no los jesuitas, quienes construyeran un colegio con polideportivo y piscina cubierta. Y pizarras digitales interactivas, eso no tiene ni que decirse.

La cólera de mi madre desagrega su berrinche en balbuceos de un lirismo caliginoso. Algo, no sabe qué, ha sido objeto esta tarde de una violación en grupo. Sale de una audiencia con la Santísima Trinidad del oportunismo. Tres perfumes distintos y un solo Dios verdadero. Tres toreros de plata la han citado con sus capotes fotocopiados, enredándola en sus enjuagues de despensero, pretendiendo reclutarla como embajadora de sus cambalaches. El Espíritu Transaccional —el mismo que tasa los pecados, renta los cepillos y cotiza las plegarias— ardía con llama invisible sobre sus cabezas. Se ha obrado el milagro de la transformación del donativo en canje, ¡aleluya!

Mi madre saca del bolso el famoso memorando de colaboración —una denominación presuntuosa donde las haya para un esquema de carilla y media— y lo arroja demostrativamente al capazo del papel para reciclar. A poco que el karma ponga de su parte, su celulosa se reencarnará en un cuadernillo de primeras letras. Es algo tarde para escandalizarse, me digo. Ya se ha terminado el documental de los lagartos. ¿Qué habrá hoy para cenar?

26

Uno de aquellos días llegué tarde a clase y hasta que no tocó bajar a gimnasia no me di cuenta de que Toledano tenía una pierna escayolada. «¿Y a ese qué le ha pasado?», le pregunté a Rodríguez de Mierda mientras salíamos del aula.

—Dicen que se la ha roto el Rata.

Solo entonces recordé que «el Rata» era como llamaban al hermano mayor de Navarrete, y ese recuerdo fue como si un platillo volante se hubiera posado sobre mí y me estuviese alzando del suelo con un rayo antigravitatorio, porque caí en la cuenta de que mi investigación se había extraviado por un sendero intransitable, de que no había mirado más allá de mis narices, asumiendo que lo que ocurriera en mi aula solo podía encontrar sus causas dentro de mi aula. Pero el de los del B no era un microcosmos cerrado como el Orient Express: cualquiera podía entrar y salir de él, hablar con quienes lo ocupábamos, insuflarnos una imagen del mundo, llegar y partirnos las piernas. Paradójicamente el Oráculo, que nunca abandonaba la clase, tenía más presente que yo lo que ocurría fuera de ella; él había dibujado una rata que lanzaba una cinta de vídeo a una zanahoria, y yo no había vacilado un segundo en cómo interpretar esa imagen. «Mira que hay que ser bestia», me dije. Era muy posible que Sánchez Chinchilla no tuviera ninguna relación con el caso, que la constelación que yo intentaba delinear en mi mollera se dibujara con vértices completamente distintos.

El Rata era, como ya dije al principio de este relato, un mendrugo de un metro noventa de estatura que repetía

COU por segunda vez. El hecho de que, aunque le estorbase lo negro, lo hicieran seguir calentando pupitres era signo de un destino berroqueño, del tipo de itinerario innegociable que muchos en mi colegio conocíamos sobradamente. Él había dejado de resistirse a su falta de inclinación por el estudio, pues era público que echaba muchas mañanas en los recreativos; sus padres, en cambio, se negaban categóricamente a admitir que el Rata pudiera ser un animal distinto del que ellos habían concebido y alimentado en sus cabezas.

Me comía las manos de impaciencia, pero tuve que esperar hasta el recreo de mediodía para hablar con Toledano. Habría llamado la atención que me sentase junto a él en el comedor, por lo que me hice el encontradizo después de almorzar. Para ello me acerqué hasta donde unos niños de sexto estaban echando un partidillo, me hice con el balón y lo mandé de una patada a las gradas, cerca de donde había visto que estaba Toledano; luego, fingiendo resignación ante las protestas de los futbolistas, fui a recuperar el balón y lo devolví a la cancha. En dos zancadas estuve junto a Toledano, que jugaba con Morales a *La llamada de Cthulhu*. Les estuve observando un rato. Recuerdo que Morales era un ocultista cuyo nivel de cordura ya resultaba ridículamente bajo cuando le tocó enfrentarse con el guiverno sociata, una criatura flamígera que había reducido a serrín las treinta libras que aquel llevaba en el bolsillo interior de su paletó y amenazaba con sorberle todos los puntos de orientación. Toledano sacó de su carpeta el dibujo de una especie de dragón sobre el cual había pegado la cabeza del ministro de Economía, Carlos Solchaga. A Morales le costaba meterse en el papel.

—Tío, esto no es serio.

—Espera a que te deje sin trabajo —dijo Toledano aspirando el aire, como hablando hacia adentro, con la voz truculenta que le atribuía al monstruo—. Ven aquí, cerdo burgués.

—¿Y qué cojones hago? ¿Voto en blanco?

Iba a haber elecciones municipales y se nos adhería inconscientemente el léxico del momento. Aproveché para terciar, deseando que Toledano hubiera olvidado ya todo aquel asunto de la caja fuerte por el que había querido matarme unos meses atrás.

—Dice mi padre que a los socialistas no nos los sacamos ni con agua caliente.

—Depende de por dónde les metas el agua —respondió.

—Putos rojos —añadió Morales.

Señalé la pierna escayolada:

—Eso, qué, ¿también te lo han hecho los rojos?

—¿Esto? Me caí.

Hubo un silencio; iba a tener que tirarle de la lengua.

—Se dice por ahí que fue el Rata —dije.

Morales me miró con curiosidad. Toledano me dirigió a la cabeza una de sus muletas, como si fuera un subfusil. Fue a decir algo ingenioso, pero no debió de ocurrírsele, porque acabó haciendo un ademán de condescendencia y dijo:

—Estábamos discutiendo y el hijoputa, que es un armario, me dio un empujón. Yo salí para atrás con tanta fuerza que caí mal y me he roto dos ligamentos. En el momento no me dolía pero joder, cuando llegué a urgencias, bien que me cagaba en su puta madre.

Intenté seguir aferrado a mi presa porque me habría resultado difícil sacar el tema de nuevo sin levantar sospechas.

—Pensé que erais colegas. ¿Cómo hiciste para mosquearlo?

Toledano entornó los ojos tratando de radiografiarme. Entraba en terreno minado. Al final escogió una réplica elíptica y peliculera: «Asuntos de negocios», dijo, pero Morales era menos reservado o más jactancioso, y añadió:

—Por un puto talego, tronco.

Entonces Toledano adoptó otra vez la voz cavernosa del guiverno socialista y le dijo «tú, a Siberia».

157

Yo no sabía si dar pábulo a aquella explicación. Alguien que puede partirle una pierna a una persona es perfectamente capaz de partirle la otra si cuenta con exactitud qué le ha ocurrido.

—Ponme algo en la escayola —dijo Toledano cambiando de tema—. Así me acordaré de ti cuando me la casque.

Yo me reí y me dispuse a firmar sobre el yeso como habían hecho ya muchos otros. Buscando un hueco entre los nombres y los dibujos discerní una anotación compuesta por palabras inusitadamente largas. No pude entenderla ni memorizarla, porque no pertenecía a ningún idioma conocido. Estaba escrita en la clave vikinga.

27

El mundo había sido privado de indicios. Al menos de los indicios que un detective necesita para desarrollar una investigación, de las pistas que quedan al alcance de las lupas o de los prismáticos, de las pinzas y de la cinta adhesiva, de todos los artilugios, en fin, que yo atesoraba en una vieja caja de costura que había sido de mi tía.

Hubo un tiempo en el que las paredes escuchaban, las noches tenían mil ojos y cada objeto contenía una historia distinta a las demás. Las acciones de los hombres, buenas o malas, podían contarse a través de detalles intransferibles: el barro adherido a las suelas de los zapatos; una brizna de hierba prendida por azar en el dobladillo del pantalón; una hebra de la tela preferida por determinado sastre; el monograma de un pañuelo; el tizne de las yemas de los dedos; una piedra desplazada al saltar un muro; la marca de agua de una cuartilla; el recorte de prensa con el que se ha ajustado la badana del sombrero; una gota de cera solidificada en un rellano; el olor de un tabaco desusado; la aparición de un perro fosforescente o el mugido de un asno asustado que responde al grito de la víctima y rompe la duermevela de un vecino.

En cambio, en aquel Madrid en el que yo quise desesperadamente ser detective, las particularidades del terreno habían quedado enterradas bajo el asfalto, la vegetación había perdido casi cualquier idiosincrasia, las velas solo se las ponían a los santos, la mugre era una mixtura patentada de neumático y caspa, los perros estaban condenados a la catatonia y los hámsteres, que se supiera, nunca habían mugido. Cada vez éramos más los adolescentes que vestíamos las mismas prendas de tergal, los mismos niquis blancos, los mismos jerséis azul marino comprados en los mismos grandes almacenes. Cada vez se aproximaban más entre sí las marcas de los pañuelos de papel que tirábamos a la basura después de sonarnos. Quien hiciese nuestro retrato robot debería prestar mucha atención al peinado, que era muchas veces la expresión más acabada de nuestra individualidad.

Yo me daba cuenta de todo ello de un modo oscuro, e intuía que, por mucho que los releyera, no podría aprender nada en los libros de Arthur Conan Doyle, de Agatha Christie, de George Simenon. Aún no había leído a Jim Thompson ni a Raymond Chandler ni a Dashiell Hammett, y me mortificaba que los elementos probatorios hubiera que extraerlos recurriendo a procedimientos innobles, a guantazo limpio o mediante brutales amenazas. Ya no podía ser uno detective: tenía que ser traidor.

—Cuánta razón tienes, Velayos, tronco. Entramos en arenas movedizas. Estamos de mierda hasta el cuello. Cuanto más nos movemos, más rápido nos hundimos.

Indiana Mínguez había empezado a hablar sin que yo le hubiera dicho nada. Lo hacía sin mirarme, concentrado en una cáscara de plátano que había pescado en una papelera. Con las uñas tiraba de uno de los nervios y trataba de desprenderlo sin que se le rompiera. Luego, lo depositaba sobre una hoja cuadriculada.

—Con cada movimiento que hacemos nos enfangamos más. Cada vez que nos creemos a punto de descorrer el velo del misterio —«el velo del misterio», Mínguez, vaya tela— lo que destapamos es un nuevo interrogante, más complejo que los anteriores. Este enredo no lo deshace ni Cristo que lo fundó. Roban una cinta, una cinta mierdera, que ni siquiera es una peli de verdad, pero al niño Nonato lo han puesto de patitas en la calle, porque no hay duda de que eso es lo que realmente ha ocurrido, aunque nos cuenten otra cosa, y el Señor Foca nos va a estar sodomizando hasta que la recupere. ¿Te das cuenta? ¿Qué carajo contiene esa cinta, en realidad? ¿Qué psicofonía oiremos si la pasamos a toda pastilla?

Cuando hubo terminado de separar los nervios del plátano, tiró la cáscara por detrás de los cipreses y comenzó a frotar entre sus dedos un cigarrillo rubio, boca abajo, para sacarle el tabaco. No le resultaba fácil mezclarlo con las hebras y meterlo todo de nuevo a pellizcos en el canuto vacío del cigarrillo, porque tenía dedos cortos y torpones.

—Ahora —prosiguió—, ahora empezamos a saber que hay más de una cinta, y que el código lo están usando más personas de las que creíamos. Ramírez, Toledano y otros; seguro que también Navarrete y el descerebrado de su hermano. Este, como dices, tiene que ser el ratón que dibujó el Oráculo. El cura, por lo que cuentas, se huele que alguien está pasando pelis guarrindongas de tapadillo, y empiezo a intuir cómo lo hacen. Pero esas no son las cintas que nos interesan.

—¿Ah, no?

—No.

El papel se arrugaba y el tabaco se quedaba pegado a las manos de Mínguez, que eran, en feliz frase de Quique, como manojos de pollas.

—Hombre, vamos a ver, yo también querría verle el culo a la Basinger. A ver si nos entendemos. De eso es de lo que sabe el Oráculo, menudo es el tío; donde menos se espera, salta la liebre. Pero la que tiene más intríngulis es la otra, la que le ha costado el curro al niño Nonato. Ahí está la clave.

—¿La clave de qué?

—Esa es la cosa.

Se suponía que fumarse las hebras de los plátanos tenía un efecto alucinógeno. Ya. Lo mismo había dicho Mínguez del poleo menta, y casi nos tienen que llevar a urgencias. Había conseguido meter en el cigarrillo la mitad del tabaco, pero la otra mitad estaba esparcida por su regazo.

Retorció la parte vacía del pitillo y lo encendió con su mechero Zippo. Entonces todos teníamos un mechero Zippo: eran, por el momento, lo más cerca que podíamos estar de la gasolina, y abríamos su tapa metálica con el aplomo de quien amartilla una pistola.

—¿Conoces la historia de Alejandro Magno? —prosiguió Mínguez—. La única forma de deshacer algunos enredos es tirar por la calle de en medio. Hacer que el enemigo salga del bosque, dejar de perseguirlo y conseguir que sea él quien venga a nosotros. Necesitamos inventarnos un culpable y obligar al verdadero ladrón a que le salve el culo.

—¡Pero si no sabemos quién ha robado la cinta! —exclamé.

—No estás prestando atención.

Esto lo dijo mientras exhalaba la primera calada. A continuación, me tendió el cigarrillo y bajó el tono, como si de repente le estuviera hablando a otro, para decirme que el papel se había rasgado cerca del filtro y que tenía que taparlo con el dedo antes de aspirar. Lo tomé mecánicamente, di una calada y se lo devolví. Había fumado cosas peores. Mínguez continuó fijando ahora en mí una mirada retadora, pero uno de sus párpados se fruncía en un gesto muy suyo que anticipaba el fracaso y ponía una tilde de ironía a sus palabras.

—Lo que habría que hacer es irse a la capilla, meterse en el confesionario, arrodillarse y decir: «Yo soy el que robó la cinta de don Donato y me he quedado ciego de tanto mirarle el culo a su hija. Dios ya me ha castigado, padre, no me imponga ninguna penitencia».

El plátano debía de habérsele subido a la cabeza. Bastante turbio estaba el caso, dije, como para que encima lo embrollásemos más nosotros con acciones erráticas. ¿Acaso él esperaba que, como en las películas americanas, la confesión de un inocente fuera a despertar la admiración de los profesores y condujera al indulto general, a las explicaciones conciliadoras, a la bíblica amistad de leones y cor-

162

deros? Eso —yo podía garantizárselo— no iba a ocurrir. Y aun cuando pudiera ocurrir, confesarse no era lo mismo que confesar. De hecho, podría decirse que era más bien lo contrario de confesar: uno le contaba al cura un secreto horrible, una fechoría atroz, e inmediatamente dejaba de sentirse culpable; el cura, por su parte, tenía prohibido irles con el cuento a terceras personas, de manera que el pecado permanecía oculto.

A Mínguez le acometió un ataque de risa que se juntó con el humo del plátano quemado y derivó en un acceso de tos asmática. Cuando volvió a respirar más o menos normalmente me tendió el cigarrillo y me dijo que no había entendido nada, que no comprendía las dimensiones del caso; que él tampoco las entendía, pero que estaba seguro de que nos superaban a don Donato, a don Rogelio y a todos nosotros juntos; que Ramírez había mangado la cinta para chulearla, pero sin tener ni idea de lo que contenía realmente; que no era una de esas fantasías homosexuales que pueden resolverse con la absolución, y que de todos modos en nuestro colegio la manera más rápida de poner un infundio en circulación era contárselo a una sotana. Pero había que hacerlo en el confesionario. Esto era un detalle crucial.

Era un detalle crucial porque el confesionario era el único lugar del colegio en el que uno podía confesarse sin ser reconocido. El confesor y el pecador no entraban por el mismo lado, sino que el primero debía hacerlo por la sacristía, de manera que no había modo de que viera quién salía o entraba. Y el diálogo entre ambos se hacía a través de una celosía de plexiglás translúcido, con unos agujeros muy pequeñitos. Los pecadillos de poca monta los contábamos cara a cara, arrodillados en cualquier despacho, pero las cosas que a nosotros nos parecían gordas (haber espiado a una vecina, alegrarse de que Franco estuviera muerto, desear que ETA le mandase al Señor Foca un paquete bomba) las guardábamos para el confesionario de la capilla.

—Además, yo no sé tú, pero a mí el culpable me la trae floja. Hay que admitir que ha tenido los santos cojones de levantarle la cinta a Ramírez en menos tiempo del que tú tardas en comerte una polla. Ahora, lo gordo es la puta cinta de vídeo. ¿Quién la tiene? ¿Por qué no la ha devuelto ya? Piensa un poco, joder. Ese cabrón ha hecho que le dieran la marca negra al Nonato, y tiene a los profesores que se les hacen los dedos huéspedes. ¿Por qué no graba la cinta, la devuelve y se mata a pajas tan tranquilo?

—Igual es que no puede grabarla —aventuré.

—Claro que puede grabarla. Cualquier inútil puede grabarla. Solo hace falta juntar dos vídeos con un cable. Pero no lo hace. ¿Por qué no lo hace?

Puse mi mejor cara de indiferencia, porque el tono instructivo de Mínguez me tenía bastante amostazado.

—No lo hace porque el original es un arma. Un arma que aún no ha decidido cómo usar. A menos que nosotros le obliguemos a usarla, y que la use para salvar a alguien.

—¿A quién?

—Excelente pregunta. Tendrá que ser a alguien que no tenga la cinta, porque si acusamos a quien la tenga, es posible que la devuelva y no lleguemos a verla nunca. Hay que elegir a un pariolo.

—Joder, tío —dije, exasperado—, deja de dar el coñazo ya. Si no sabemos quién tiene la cinta, ¿cómo vamos a saber quién no la tiene?

Mínguez sonrió, dio una última calada al cigarrillo, lo apagó en la arena, se puso lentamente de pie y me miró como calculando las probabilidades de una apuesta.

—Bueno —dijo—, Ramírez dice que se la quitaron, pero cualquiera se fía. Yo sé que no la tengo yo, pero no soy tan imbécil como para comerme ese marrón. Además, debo pensar en mis hermanos pequeños...

Lo decía como si un juez le pudiera retirar la custodia de sus hermanos de un momento a otro.

—No, quien debería confesar el robo de la cinta eres tú.

Me entró una risa histérica. Hay ocasiones en las que una carcajada puede transformar un aserto en una ficción, un insulto en un elogio, una mentira en un abrazo, pero Indiana Mínguez no estaba dispuesto a que esta fuera una de esas ocasiones.

—Piénsalo bien: tú sabes que no tienes la cinta, ¿verdad? Pues es muy fácil: vas a la capilla, entras en el confesionario y dices que te llevaste la cinta de don Donato porque querías aprender dónde estaba el perineo. El sacerdote se sobresaltará un poco, buscará las palabras durante un segundo e interrumpirá algo que iba a decir para preguntarte cómo te llamas. Luego te advertirá de que no puede absolverte hasta que devuelvas el objeto hurtado. Es la trampa que tiene el séptimo mandamiento. «Lo mejor será que vayas inmediatamente a buscarla y me la devuelvas a mí», dirá el cura, que no es tonto ni nada. Pero tú dirás que no es tan fácil y que no tenías que habérselo dicho, y saldrás corriendo del oratorio, de manera que cuando el cura abra la puerta de la sacristía y te busque con una mirada despavorida solo verá las caras aburridas de los niños de sexto, que casualmente tienen misa de curso.

—Eso no va a pasar.

—Te equivocas, caraculo —dijo, y luego impostó una voz chulesca y nasalizada que reconocí como una caricatura de la mía—. Esto es exactamente lo que ha pasado.

Me levanté de un bote. En ningún momento dudé de que dijera la verdad. Lo quise agarrar del niqui, pero se escabulló, riendo. Anduve tras él con los brazos crispados, sin apresurarme, gritándole que estaba pirado, que era un psicópata, que la mierda nos iba a salpicar a todos y que jamás se lo perdonaría. Esa puta manía suya de ir a su aire, de actuar por su cuenta. Ahora ya no podría volver a confiar nunca más en él y tendría que disolver la agencia Mascarada. Esto era lo único que había conseguido con su glorioso plan. Lo delataría, explicaría que todo había sido una maquinación idiota; expondría a la vista de todos su carácter de engreído miserable, de intrigante egoísta, de fantasmón descarado...

Indiana Mínguez se volvió hacia mí una última vez antes de subir a clase, y con unos metales en la voz que no eran los suyos, ni los míos, sino los de un actor de doblaje al que no podía ubicar, me soltó:

—Cariño, ¿después de lo bien que nos lo hemos pasado?

28

Impresionaba imaginar que aquellas plantas hubieran podido llegar allí, como si dijéramos, por su propio pie. Todas apretujadas en la bañera, húmedas y turgentes, como un Amazonas de mentirijillas. En una bañera llena de plantas yo era capaz de ver una iniciativa de purificación atmosférica a escala doméstica; una condición imprescindible para adoptar un koala; un complot vegetariano ciertamente mejorable; un momento de descanso en la avanzadilla de una invasión alienígena; un experimento de teletransporte que ha salido regular; un intento desesperado de seducir a la Criatura del Pantano. Parecía la obra de un demente, pero yo sabía que debía responder a alguna forma de razonamiento que acaso llegase a comprender alguna vez.

De hecho, podía comprenderlo de inmediato si, cuando Merche volviera de la compra, le preguntaba por qué había metido allí todas sus plantas. Es significativo que no lo hiciese, prefiriendo conservar la incertidumbre.

Tiré de la cadena, bajé la tapa, me lavé las manos simbólicamente y apagué la luz.

Esa tarde había subido a casa de José Luis, venciendo mi resistencia a coincidir con Yáguer, quien, como ya he dicho, se le pegó mucho durante aquellos meses. Cuando regresé al cuarto de María me estaban esperando. Ella sugirió que jugásemos al Cluedo, pero José Luis dijo que estaba hasta aquí del Cluedo, y tomó una de sus barajas. La abrió en abanico y me dijo «coge una». Yo cogí una carta y él se tiró un pedo.

—¡Tío, qué cerdo eres! —chilló su hermana.

—¿Qué pasa, no te parece suficientemente mágico? Bueno, a ver —José Luis puso el mazo sobre la mesa—, basta de coñas. Mira la carta, déjala encima de la baraja y corta por donde quieras.

Yo hice lo que me pedía. Luego cortó él de nuevo varias veces y dijo que las propias cartas iban a soplarle cuál era la elegida.

—Este ya me lo sé —dijo María.

—A callar.

Entonces tomó el mazo de cartas, se lo llevó a la oreja y pasó el índice por el lado estrecho, con el gesto de quien cuenta billetes a ojo. Repitió el movimiento varias veces, haciendo como si escuchara el murmullo de los naipes, hasta que de repente se detuvo y me mostró la sota de espadas:

—¿Era esta?

Asentí, evitando mostrar el menor signo de entusiasmo. Yáguer, sentado a la morisca sobre el descolorido parqué, aplaudió servilmente. María ya tenía muy vistos los trucos de su hermano y quería saber cómo iba la investigación de la agencia Mascarada.

—La agencia Mascarada nunca resuelve nada —rimó José Luis—; la agencia Mascarada es una capullada.

—Lo que tú quieras, Josete —repuso María con excitación—, pero ahora que habéis descifrado el código podéis contactar con la banda.

—¿Con qué banda?

—¡Con la banda de ladrones! Si hay un código, es que hay muchos ladrones.

—Joder, niña, qué brasas eres.

Ella prosiguió, impertérrita:

—¿Qué sabemos? Que hay varios niños: el Ramiro ese, Navarrito y el Chinche...

—Ramírez, Navarrete y Chinchilla —corregí, enervado.

—Bueno —dijo su hermano—, Chinchilla no pinta nada ahí. El ratón que vimos dice Velayos que puede ser el hermano mayor de Navarrete.

—¡Ja! —exclamó María triunfante—, ¡qué casualidad! Entonces está claro: se escriben mensajes en clave para hablar de las películas que quieren robar. Y el ratón se las consigue y se las lanza desde no sé dónde.

Aquella tarde, durante una breve fracción de tiempo, tuvimos todas las piezas delante de nuestros ojos, pero lo único que yo fui capaz de ver fue que una niña husmeaba en un territorio que yo reclamaba como propio. Le dije que era una flipada y una metomentodo, y que no debía hablar de cosas que no entendía. Si ni siquiera venía a nuestro colegio, joder, no sabía ni de quién estábamos hablando. Además, ¿cuándo se había visto que una niña quisiera meterse a resolver casos criminales? Sherlock Holmes, Hércules Poirot, el padre Brown, Tintín, Blake y Mortimer, Gilles, los Tres Investigadores... ¿Debía continuar? Es verdad, también estaba Jorge, la de *Los Cinco*; pero la llamaban con un nombre de chico porque era una tortillera, o sea, que no era una chica de verdad, sino un chicazo, una bollera, una hermafrodita repugnante.

María no abandonó su habitación con suficiente rapidez como para que no viéramos que se le saltaban las lágrimas.

Yáguer tenía la vista baja; había cogido la baraja del truco y dejaba caer maquinalmente los naipes de una mano a otra, cortando siempre por la mitad. El hecho de que hubiera asistido a esa conversación me incomodaba por varios motivos: para empezar, porque Yáguer era un paria y me salía sarpullido cuando él estaba cerca; en segundo lugar, porque yo entendía que todo lo concerniente al caso era confidencial, ya que me había costado muchos sudores averiguarlo; y por último, porque íntimamente ya no estaba seguro de que dirigir una agencia de detectives siguiera siendo tan guay como lo había sido antes de empezar el bachillerato, y no me sentía cómodo con público. En cambio, que Yáguer hubiera sido testigo de cómo aplastaba a María no solo no me incomodaba, sino que me producía cierta satisfacción.

El ambiente se había vuelto denso, como cuando descendemos del tren en un valle y el cielo está súbitamente bajo y sentimos en el tímpano algo así como una amenaza y no estamos seguros de si ese era el pueblo al que queríamos ir. Pasado un rato, Yáguer nos preguntó si sabíamos jugar al mus. José Luis y yo negamos con la cabeza.

—En realidad son varios juegos en uno. Cada jugador recibe cinco cartas y al principio puede devolver las que no le gusten, pero no sabe si las que le den después serán mejores, así que luego deberá apechugar con lo que tenga.

Yáguer había comenzado a repartir. Era una partida de prueba y ponía los naipes boca arriba para explicarnos las apuestas que podíamos hacer con ellos. Yo miraba con aprensión sus dedos de uñas largas y enlutadas, con los que se rumoreaba que ordenaba chatarra y desperdicios en la chamarilería de su padre.

—Lo bueno —continuó— es que se apuesta a cosas muy distintas: a ver quién tiene más puntos, a ver quién tiene menos, a ver quién se acerca más a treinta y uno, y también a pares, que es como una pequeña partida de póker.

—¿Todo con las mismas cartas? —preguntó José Luis.

—Todo con las mismas cartas. Porque si una mano no es buena para apostar a una cosa, puede ser buena para envidar a otra. Mira —dijo mostrando las cartas que le habían tocado a él—, esto se llama «las de Perete»: cuatro, cinco, seis y siete. Tan malas que les han puesto nombre, pero en el mus incluso con las peores cartas puedes ganar algo, si las sabes jugar. O al menos puedes hacer que los demás pierdan.

Yo no estaba muy convencido. Tenía fijada en la cabeza la imagen de los jubilados de Villalpando cruzándose señas centelleantes y haciendo comentarios herméticos, llenos de segundos y terceros sentidos, cuyo objeto era despistar al equipo contrario sin desorientar completamente a su propia pareja. Los más expertos levantaban únicamente una esquinita de sus cartas, miraban el guarismo y no las volvían a tocar en toda la partida. «Esto es un juego de paletos», debí de decir, pero José Luis estaba intrigado y acepté echar una partida por darle gusto. Solo había un problema —añadió Yáguer—, y era que hacían falta cuatro jugadores. Sugirió ir a ver si María querría jugar y no nos opusimos. El hecho de que ella finalmente aceptara volver a sentarse con nosotros es otro de los misterios de esta historia, y no de los menores.

29

Pienso en mi infancia y, quizá porque no fue trágica, lo primero en lo que pienso es en los referentes compartidos, el recuerdo idealizado de artículos de consumo y de series de televisión. A muchos les ocurre lo mismo. «¡Qué partidos de fútbol nos echábamos!», oigo decir con frecuencia. Recordamos los dibujos animados, los cromos de futbolistas, las carreras de chapas, los cuadernos de repaso para las vacaciones, los cigarrillos de chocolate, las canciones del verano, los vaporizadores de colonia, los humoristas de la tele, las sandalias cangrejeras y los teléfonos de disco y, si ha pasado el tiempo suficiente, ese recuerdo vira en celebración.

Esa memoria podría ser también la mía, pero escribiendo esta relación he recordado que había algo más, algo fundamental que ocupaba los intersticios del pasado como un tejido conjuntivo, como la cizaña que brota entre las losas, en la juntura del bordillo, detrás de los canalones, en el cerco de las alcantarillas, al pie de las fuentes públicas, en las piscinas secas, en los solares y en los maceteros abandonados. La cizaña, esa tirria elemental, anterior a las palabras, esa desconfianza solapada que se propagaba como una enfermedad cutánea, esa ojeriza intersticial que alimentaba la adhesión y el respeto a nuestro clan.

Ahora que he reparado en ella, no puedo dejar de recordar su presencia invasiva: la arrancábamos sin pensar en los parques, la mordisqueábamos bucólicamente, la pisábamos en los aparcamientos, la comíamos en nuestras sopas de sobre, la mascábamos mientras veíamos la tele, la compartíamos en la parroquia, llenábamos con ella los cuberteros de las mesas de formica, la prensábamos entre las páginas de las enciclopedias, la regábamos en los urinarios públicos y la encontrábamos en los circuitos de los transistores, en las huchas de hojalata, en las guanteras de los coches, en los probadores de los grandes almacenes, en la tercera página de los diarios, en los ceniceros de los hoteles, en los cartuchos de las pesetas, en la vara florecida de San José. Nuestra vista resbalaba sobre ella, viéndola sin verla, y nuestro olfato se había acostumbrado a su esencia acre que todo lo impregnaba.

Supongo que todos queremos creer que nuestra sociedad ha terminado erradicando esa cizaña. Confiamos en que el simple paso del tiempo habrá mejorado a las personas, en que hoy ya no se tolerarían determinadas actitudes. Pero lo cierto es que no tenemos la menor idea. Hasta donde yo sé, la cizaña podría seguir rezumando por las paredes de los colegios, trepando a los pupitres, enroscándose en los rotuladores y asomando entre las tejas como una plaga de hongos radiactivos.

Fue un día de principios de abril en que nos habían llevado de excursión a visitar el Cerro de los Ángeles, con la estatua del Sagrado Corazón de Jesús. El Sagrado Corazón tenía aspecto de coloso robótico a punto de propulsarse al espacio. En la guerra, nos dijeron, unos chicos de nuestra edad fueron fusilados por defender esa imagen de la furia sacrílega de los rojos. Esa tarde volví a mi casa sin pasar por la de José Luis. Estaba harto de encontrarme allí con Yáguer, ese acoplado nauseabundo. Me imagino que, como otras tardes, merendé, vi un episodio de *El chapulín colorado* —la comunidad de vecinos había puesto parabólica un par de años atrás—, abrí sobre la mesa un libro de texto para que pareciese que había hecho los deberes y me tumbé en la cama a leer tebeos.

Cuando mi madre regresó a casa vino derecha a leerme la cartilla. Me dijo que el director del colegio la había llamado. Al principio se asustó, porque las llamadas del colegio eran algo inusual, reservado a casos de estricta emergencia. Luego vio que no era para tanto, aunque tampoco podía decirse que fuese una nonada. Al parecer, yo le había robado algo a un profesor, ni más ni menos. Estaba algo perpleja, porque el director no le había querido decir de qué se trataba; solo que era un objeto de escaso valor, pero delicado, fácil de malinterpretar.

—¿Fácil de malinterpretar? —pregunté.

—Mira, a mí no me torees, ¿estamos?

Yo traté de explicarle que era un infundio, que no había robado nada, y que alguien debía de haberme acusado en falso para irse de rositas. Por lo visto, a ella no se le había ocurrido preguntar en qué se sustentaba aquel cargo.

Ya la tenía medio convencida cuando entró mi padre, que estaba al cabo de la calle. Venía hecho un energúmeno antes de entrar por la puerta, antes incluso de subirse al ascensor, gritando que yo era un inconsciente, que no sabía lo graves que podían ser las consecuencias de mi estupidez. Por si no me había dado cuenta, estaban sacrificándose para proporcionarme una educación como Dios manda, para que yo pudiera estudiar con personas normales y no entre un hatajo de desharrapados; para que aprendiera cosas verdaderamente útiles, y no mañas de gitanos ni camándulas de bohemios. De no ser por ellos, seguro que a esas horas ya tendría un imperdible atravesado en la nariz, como un zulú de esos de las tribus urbanas. Ni mi madre ni él habían gozado de tantas facilidades, y en lugar de aprovecharlas, ¿qué hacía yo? Perdía el tiempo jugando a espías con José Luis y con el Indiana Méndez ese, que eran dos muertos de hambre. Con ellos, estaba visto, no aprendía más que fechorías. Si ahora robaba, ¿qué sería lo próximo? Ya lo dijo Baltasar Garzón, cualquiera vale para enemigo, pero no para amigo. En cambio, ¿qué había sido de Enrique? Antes venía mucho por casa, pero ya ni me oían hablar de él. (Mi madre, entre tanto, se fue a freír algo, probablemente varitas de pescado o croquetas de jamón).

175

¡Con esa manera que tenía de pronunciar el inglés, y que no se me hubiera pegado nada...! Podía intentar que me invitase algún fin de semana al Club de Campo, adonde creía recordar que iban sus padres. O ese otro chico tan simpaticote, Nosecuántos Ramírez; ¿era verdad que su padre dirigía el *As*? Había que arrimarse a los buenos para ser uno de ellos, como dijo alguien cuyo nombre no recordaba en ese momento. Si no me enmendaba, me cambiarían de colegio y entonces iba a ver lo que valía un peine. Me meterían en un instituto de mala muerte, donde me codearía a diario con matones, con desgraciados sin principios, con camorristas de barrio hechos a la vagancia que harían buenas migas con un ratero como yo. Acabaría como el Torete, ya lo iba a ver, ya. Claro que, si lo prefería, podían ponerme inmediatamente a trabajar: al andamio, a que aprendiese lo que era la vida de veras. Cuánto me arrepentiría después de todas las oportunidades que había desaprovechado.

Su arenga había tenido por acompañamiento musical los estribillos publicitarios que nos llegaban desde la tele, que mi madre había prendido de manera refleja antes de encender el fogón, y la sintonía del telediario obligó a mi padre a poner un punto y aparte precipitado. La URSS se había declarado en bancarrota. Se veía venir.

Nos comimos las varitas de merluza, o lo que fuera, casi sin hablar. Por mucho que me irritase la reprimenda de mis padres, no me sentía capaz de reprocharles nada; todo lo más —es un decir—, un robo que ellos tampoco habían cometido, pero al que no eran completamente ajenos.

30

Mi madre me pide que la acompañe a una de esas grandes superficies especializadas en bricolaje que hay en el extrarradio. Se le ha metido en la cabeza reordenar el tercer dormitorio y hacer hueco para una cajonera. Yo solo conozco las cajoneras del colegio, que eran unas baldas de metal que había debajo de los pupitres, pero ella me explica que la cajonera que ella busca tiene otro significado, que viene a ser una cómoda para todo trote. Yo le digo que es una tacaña, y que podemos ir a IKEA a comprar una cómoda como Dios manda y de paso comer albondiguillas suecas, pero ella responde que no hace falta, y que no debería quejarme porque así heredaré más y me lo podré gastar en copas. Así que el sábado nos metemos en su Corsa de tres puertas y nos ponemos a dar vueltas por los Scalextrics de Madrid.

Lo que me molesta es sobre todo perder una mañana en la que podría haber tenido otros planes. No los tenía, pero me bastaba con la posibilidad de haberlos tenido, y ahora me veo obligado a sacrificar esa alegría tibia e inocente como un pollito. Total, para qué. Otro trasto que llenará de cartillas y garambainas, cuando lo que deberíamos estar haciendo es comprar conservas, bolsas de pasta, lentejas, garbanzos... Alimentos no perecederos que podamos comer pero también vender, porque esto se hunde, nos dirigimos de cabeza al colapso de la civilización occidental, y al paso que vamos esto va a ser una merienda de negros. Lo cual quiere decir que hay una oportunidad de negocio. Con las grapadoras y los tiralíneas no vamos a ninguna parte. En cambio, con las leguminosas... Con las leguminosas podemos dar la campanada.

—Oye, ¿a cuánto está el kilo de lentejas?

—Hijo, qué cosas preguntas. ¿Tienes hambre?

Miro por la ventanilla ese gran solar que son las inmediaciones de Madrid. Cada tanto pasamos discotecas abandonadas, paneles publicitarios, piscinas boquiabiertas con la mandíbula partida por una expropiación sobrevenida. De repente, mi madre se pone a pegar gritos: «¡Es dirección prohibida! ¡Nos vamos a matar!». Yo al principio me alarmo, y luego trato de hacerle entender que solo es el carril bus-VAO, en el que nos hemos metido no sé muy bien cómo, y en el que lo peor que puede pasar es que nos multen. Para qué diré nada: en la mente de mi madre una multa es casi igual de horripilante que una muerte violenta. Las tres que le han puesto en su vida las tiene recurridas en Estrasburgo, por lo menos.

Llegamos a la tienda de bricolaje y me deja estupefacto la cantidad de gente que hay. Se conoce que es el sitio en el que hay que estar los sábados por la mañana. En cuanto se me presenta la ocasión, me separo de mi madre y me doy un garbeo entre los expositores. Rodapiés, losetas, cubos de pintura, pistolas de silicona, regletas de enchufes, estanterías modulares, todo ello incesantemente toqueteado por hombres de mediana edad que quieren probarle algo al mundo, pero también por parejitas de mi quinta que vienen a buscar los muebles que no pueden o no quieren permitirse. Como nosotros. Delante del gavetero de los tornillos se forma una verdadera aglomeración. Igual es esto lo que quiere la gente, tornillos, y no calculadoras. A fin de cuentas, en esta vida de lo que se trata es de comprar y de vender, y para eso basta y sobra con las cuatro reglas.

Toda esta chatarra me produce una alergia hidalga: la asocio a funciones subalternas, a menesteres menestrales. Pero al mismo tiempo me siento algo disminuido en mi virilidad por no saber distinguir una broca para metal de otra para hormigón. Me asalta una ansiedad psicosexual, una envidia de taladro. Hago como si buscase cierto tipo infrecuente de tornillo y meto yo también mis manos en las gavetas, chasqueando la lengua y fingiendo ojo clínico. Luego me quedo embelesado delante de los martillos perforadores. Hay uno de cincuenta julios que parece diseñado para detener invasiones alienígenas. ¿Lo deseo? ¿O es él el que me desea a mí?

Cuando al fin consigo zafarme de su mirada hechicera oteo a ver por dónde anda mi madre, y la distingo siete corredores más allá. Ha pegado la hebra con el dependiente e incluso a esta distancia salta a la vista que las cajoneras han quedado muy atrás en el retrovisor de su conversación y que mi madre le está largando al pobre tipo su visión mesiánica, su misión vesánica, su sermón de la montaña de libros, subrayadores y papel charol que redimirá a la humanidad y bajo la cual hemos acabado viviendo. Mucho estudiar, mucho estudiar, pero el día que yo tenga que hacer una roza voy a quedar como un mentecato.

Al doblar la esquina de las abrazaderas doy un respingo. Como una presencia ultraterrena que, invocada por una conjunción de objetos malditos, se materializase para amenazar a los vivos con presagios inconcretos, creo reconocer al Yáguer de un futuro pretérito, es decir, al Yáguer del presente. Se ha inclinado para comparar alambres de distinto grosor, y junto a él, apiladas en un carrito, esperan varias cajas de cemento rápido. Tiene el aspecto con el que me imagino que habrá alcanzado nuestra edad: huesudo, mal afeitado, la tez cetrina, cuarteada, los dientes al tresbolillo y el peinado arrabalero e impenitente. Pero no, me basta con ver cómo se incorpora para persuadirme de que no es él. Es solo alguien que ha envejecido mal y que necesita cemento, mucho cemento. Pienso que solo puede necesitar tanto cemento alguien que quiera construir un bastión invulnerable antes de que salte por los aires nuestro sistema de producción y tengamos que volver a los tornillos y las leguminosas. O alguien que pretenda levantar un tabique para emparedar a sus hijos, como los marqueses de Linares.

Don Donato debió de ser otro de estos marqueses con veleidades de albañil. Porque creía recordar que también salían uno o dos niños en aquella cinta de los demonios. ¿Por qué no los llevaba a nuestro colegio, si puede saberse? A la niña contorsionista la habría mandado a un colegio de niñas, claro está, porque es sabido que por separado niños y niñas memorizan mejor todas las fechas y las fórmulas que hacen falta para triunfar en este mundo, o por lo menos para decir que uno lo ha intentado. Pero al otro, o a los otros ¿dónde los había metido? ¿En qué edificio resonaban sus psicofonías? ¿Se avergonzaba de ellos? ¿O de quienes se avergonzaba era de nosotros?

31

Un par de días más tarde el Señor Foca me hizo salir en mitad de una clase. Era una de Naturales y ya la impartía el profesor que reemplazaba a don Donato. Era este un chico muy joven, de rostro caballuno, con las cejas espesas y separadas, que unas veces hablaba de un modo atropellado y otras se sumía en grandes desconciertos durante los cuales apenas si lograba balbucir nada inteligible. Para salir de esos atascos verbales comenzaba a deambular entre los pupitres, tratando de rellenar con sus pasos el espacio que no llenaba con sus palabras. Esa incomodidad social encontraba su correlato indumentario en unos trajes demasiado grandes, cuyas hombreras sobresalían visiblemente, con unas corbatas que parecían portales a otra dimensión. Desde el primer día todos lo identificamos, como un solo hombre, con el único apodo posible para él: «el Pasmao».

Regresé a la clase del Pasmao veinte minutos después de haber salido. El Señor Foca y don Rogelio me habían sometido a un engrasado ritual de intimidación. Yo negué desde el principio saber nada de la cinta, pero ellos me ignoraron y recitaron una larguísima letanía de reproches y amenazas. Mi expediente nunca se recuperaría de aquello. En aquella institución la virtud contaba tanto como el rendimiento académico. De mí no se habían esperado algo así. Si no rectificaba de inmediato, me arriesgaba a no terminar nunca la enseñanza secundaria. Lo más probable era que debieran expulsarme. No podían permitir que el resto de mi clase se contagiase de esas actitudes nihilistas y disolventes. Debía recapacitar y entregar lo que había sustraído. Etcétera, etcétera.

Me las tuve tiesas, pero la impotencia me arrasaba los ojos. Me guardé mucho de involucrar a Mínguez, no tanto porque me lo prohibiese un código de honor como por cuanto a mí mismo me parecía una excusa inverosímil, una artimaña desatinada con la que escurrir el bulto, que solamente me haría pasar por un bellaco. No podía mentir y admitir que había robado el vídeo doméstico porque no podía devolverlo; pero, si de algún modo fabuloso lograba conseguir la cinta, tampoco debía restituirla, pues ello equivaldría a admitir mi culpabilidad. Estaba lleno de rabia, pero solo de rabia: el hecho de carecer de escapatoria me ahorraba los sinsabores del dilema, del remordimiento y de la tribulación, y me confería una resistencia que podía confundirse con la presencia de ánimo.

Al poco de volver a mi pupitre, la aprensión se propagó por el aula como un gas tóxico. Estaba claro que algo grave ocurría. El Pasmao debió de sentirlo y su discurso perdió el poco equilibrio que le restaba, deshilachándose en frases inconexas y explicaciones inútiles. Cinco minutos antes de la hora, adujo algunas excusas que nadie comprendió, firmó el parte y salió con rapidez, mirando al suelo.

Entonces Indiana Mínguez se levantó a conferenciar conmigo unos instantes. Sin esperar a que terminase de ponerlo en autos, soltó una exclamación de asombro, se plantó delante de la pizarra y dijo «muy bien, cabronazos».

Indiana Mínguez sabía cómo comenzar un discurso, y se lanzaba a perorar con el arrojo del que se sabe en precoz coyunda con el hada huidiza del ingenio. En cambio, lo que después ocurriese no era fácil de prever.

No todo el mundo le atendió de inmediato. Varios se habían levantado para ir al baño o para darle una colleja al Chochito, y al oír a Mínguez interrumpieron su trayectoria; alguno levantó la vista del libro que estaba leyendo a trompicones; otros continuaron hablando con sus vecinos de pupitre esperando que llegase el profesor siguiente.

Mientras, Mínguez me hizo señas para que fuera a su encuentro al frente de la clase. Yo le respondí con un gesto único pero elocuente con el cual quería significar que no tenía la menor idea de lo que pretendía, que no quería líos y que a estas alturas confiaba bastante poco en él como para secundarlo en nuevos disparates. Pero él repitió su seña y salí a la pizarra arrastrando los pies. Yo no tenía intención de decir nada, y tampoco se me dio luego la ocasión, por lo que ahora me pregunto si, al hacerme jugar el papel de escudero, Indiana Mínguez no pretendía, con esa genial intuición suya para ciertas cosas, colocarme en una posición desde la que me resultase menos fácil contradecirlo, pues con mi presencia junto a él ya parecía estar avalando sus palabras.

—¡Cabronazos! —repitió, con mayor énfasis—. Vamos a ver si nos entendemos, que aquí hay mucho hijoputa pero a mí no me chulea nadie. Alguna maricona le ha ido al Señor Foca con el cuento de que fue Velayos el que mangó la cinta del niño Nonato. Eso es una mierda. Eso es una mierda de vaca que solamente se puede comer una morsa comemierdas. Todos sabemos que este —me señaló con el dedo— estaba demasiado ocupado cascándosela para robar nada. Además, no necesita grabaciones del culo de nadie porque le mola a la hermana de Quique, que está cañón, y en cualquier momento puede ir a ver cómo se cambia o meterse a olisquear sus bragas en el cesto de la ropa sucia. Así que no nos vengáis con gilipolleces. Velayos dice que es inocente y yo le creo. Pero si no aparece la puta cinta le van a meter un puro, lo van a echar a la puta calle y va a acabar chupando penes en el aparcamiento del Alcampo.

Yo me había quedado lívido, incapaz de decir palabra, no sé si de miedo, de vergüenza, de cólera o de una aleación de las tres cosas. Mínguez se irguió sobre las puntas de los pies y ahuecó aún más la voz para rematar la perorata:

—Así que vamos a hacer lo siguiente, hijos de la grandísima. Nadie va a ser tan capullo como para entregarle la casete de los cojones al Señor Foca, eso ya me lo imagino yo. Aquí hay mucho gañán y mucho comepollas, pero tampoco sois retrasados mentales. Por eso, al que lo haya hecho le exijo que encuentre una manera de dárnosla a este o a mí —«este» seguía siendo yo—, y nosotros diremos que la hemos encontrado en una papelera.

Podía haber concluido así. Debería haber concluido así. La clase estaba sugestionada por la solemnidad del discurso; se habían quedado todos suspensos, cariacontecidos, y es probable que el destinatario principal de la soflama, la mente astuta e incógnita que custodiaba en aquellos momentos la cinta de don Donato, también hubiera sentido ablandarse su corazón de bronce. Pero las necesidades dramáticas del guion eran más fuertes que Mínguez, y no pudo dejar pasar la ocasión de proferir una última amenaza:

—¡Porque de lo contrario, la agencia Mascarada le encontrará y le empalará en la puta antena del Pirulí!

No sé si fue la mención de nuestra agencia o el gallo que le salió a Mínguez al pronunciar la última palabra, pero el caso es que el efecto hipnótico se desvaneció inmediatamente. Un abucheo creció desde el fondo de la clase, como una ola, y cuando llegó a la primera fila se había convertido en alarido, mientras comenzaban a llovernos cuadernos, bolígrafos y pelotas de papel Albal. Mínguez y yo nos parapetamos detrás de la mesa del profesor. «Sálvate tú», me dijo él. Terminada la artillería que tenían más a mano, algunos nos empezaron a arrojar estuches enteros, zapatillas de deporte, e incluso una silla trazó una elegante parábola y se estrelló estrepitosamente contra el suelo de linóleo, mientras Navarrete chutaba con todas sus fuerzas un balón de reglamento sin mirar adónde.

—¡Ya está bien, me cago en la hostia!

Los segundos parpadearon en los relojes Casio y un temor atávico interrumpió nuestros movimientos, del mismo modo que el brazo de Jehová debió de detener el puñal que iba a clavarse en el cuerpo desnudo de Isaac.

Incluso Ramírez, que había adoptado el alias de «Barrabás» para firmar por las paredes, posó el diccionario que estaba a punto de lanzarnos —era el diccionario de Yáguer— y giró la cabeza para ver quién había proferido la mayor atrocidad que hasta entonces hiriera nuestros oídos. Solo el balón de fútbol continuó haciendo mansas carambolas, ajeno a la estupefacción general.

José Luis, erguido e inmóvil como un ídolo antiguo, nos conminó con la mirada y nos habló desde una edad que no era la nuestra:

—Ya está bien.

32

En el colegio habíamos aprendido un millón de cosas imprescindibles para salir adelante en la vida. A hacer cola para entrar, a santiguarnos con la derecha, a ducharnos sin bajar la vista, a no llevar las manos en los bolsillos, a dar apretones de manos recios, a hacernos el nudo de la corbata, a ver la televisión con un libro en el regazo, a forrar libros sin que el plástico dejase burbujas, a hacer la genuflexión hincando la rodilla con tanta fuerza que el mármol resonase, a no fumar los cigarrillos hasta el filtro, a quemar el filtro y pisarlo para hacer una púa improvisada con la que tocar la guitarra, a retener el humo en los pulmones antes de hablar, a aguantarnos la sed y a hacer cola para salir. Y también que la sagrada forma no se recibe en la mano, que un kilo de frases pesa más que un kilo de acciones, que no se debe llevar la contraria a los adultos, que tres sacudidas es paja y que los polos no se remeten en los pantalones. Pero solo cuando Indiana Mínguez llevó a cabo su treta maquiavélica aprendí que las victorias no suelen ser inapelables, que en el patio de los mayores cada triunfo tiene su cruz y que rara vez gana uno sin haber perdido antes algo —generalmente, las ganas de ganar—.

Mínguez me había maniatado delante de la madriguera para hacer salir a la alimaña, pero la alimaña era más grande de lo que nosotros calculábamos y nos estaba utilizando como señuelos para atrapar una presa más sabrosa. Esto lo descubrí cuando poco después, al abrir la bolsa de deporte para cambiarme, di con algo que no esperaba: una carátula de VHS, de cartulina, en cuyo lomo se leía: «El grito silencioso / Vacaciones 88».

Estaba vacía.

El corazón me dio un vuelco. Temí ser uno más en la cadena de propietarios frustrados de esa videocasete, objeto maldito que parecía repeler a quienes más lo codiciaban. Pero enseguida advertí que en el interior de la caja de cartón había un papelito con un largo mensaje en clave. El profesor de gimnasia estaba a punto de pasar lista, no podía sentarme a hacer cábalas, así que cerré la bolsa, la metí bajo el banco, me puse las zapatillas y salí a la cancha.

Ese día tocaba correr. Mi reacción espontánea era alcanzar a José Luis, zarandearlo y decirle que había ocurrido algo increíble que requería una intervención inmediata de la agencia Mascarada. Me retuvo, sin embargo, la certeza de que sufriría un nuevo desaire, de que José Luis diría que era un niñato, que la agencia Mascarada estaba desinformada, que la agencia Mascarada te deja en la estacada; que, para peña chalada, la agencia Mascarada; que la agencia Mascarada la mama bien mamada. Aunque habíamos sido amigos desde segundo de preescolar y había merendado en su casa millones de veces, yo empezaba a pensar que Yáguer acabaría pegándole la sarna y arrastrándolo a su inframundo de embalajes, rodamientos y neumáticos. Su piso resultaba demasiado chico; su hermana, demasiado entrometida; su bañera, demasiado silvestre; su fe, demasiado nominal y su abuela demasiado tarumba. Todo tenía un límite, y ese límite lo marcaba mi propia condición. Eso era, a fin de cuentas, lo que me habían aconsejado mis dos padres, mi padre natural y mi padre espiritual.

A Quique tampoco se me ocurrió decirle nada por algo siniestro que había sucedido poco antes.

Resulta que un día, bajando la escalera del colegio oí cuchicheos, y ese detective cigótico que se me sentaba en la boca del estómago me aconsejó que redujera el paso, que bajase de puntillas unos escalones más y escuchase sin ser visto. Dos personas conversaban en un tono monótono, casi robótico, y en una lengua que, aunque solo empezaríamos a estudiarla en el curso siguiente, ya reconocí como latín. Cuando creí que había terminado la conversación, bajé los últimos peldaños, llegué al pasillo en el que se encontraban y me hice el sueco. Se trataba de dos estudiantes a los que conocía de vista: uno era de mi edad y tenía el mismo pelo pajizo de Quique; el otro iba al menos dos cursos por delante de mí. El primero me miró como miran los perros cuando cagan, y solo entonces acabé aceptando, algo espeluznado, que no se parecía a Quique, sino que se trataba del mismo Quique que viste y calza.

El latín era la lengua de las teogonías y de las maldiciones, la lengua en la que se escribía la crónica de los ángeles y se dominaba a los demonios. ¿En cuál de estas empresas participaba Enrique Ruiz Larrañaga, alias Fresa? ¿Había vislumbrado los inicios de una nueva confabulación o se trataba simplemente de un tentáculo más del misterioso pólipo audiovisual con el que llevaba varias semanas peleándome? Fuera como fuese, Quique pasó a engrosar desde ese momento la lista de sospechosos.

Corría por automatismo, dejando que el ejercicio templase mis nervios. Casi sin darme cuenta me había ido retrasando hasta quedar a la par de Indiana Mínguez que, como tenía michelines, siempre que nos ponían a dar vueltas al patio se quedaba rezagado. Rodríguez de Mierda lo había doblado ya dos veces. Lo que Mínguez había hecho conmigo era una canallada, pero una canallada que militaba en mi misma facción, aunque siguiera un método desnortado e inclemente. Mínguez no se metería conmigo en la boca del lobo, pero me acompañaría hasta que estuviéramos muy cerca de ella, tan cerca que pudiera empujarme dentro.

—Tengo que enseñarte algo —le dije—, pero está en el vestuario.

Mínguez se paró jadeando y agarrándose los riñones.

—¡Una proposición deshonesta! ¡Ya estabas tardando!

Como si lo hubiera oído, el profesor gritó desde lejos:

—¡Mínguez y Velayos! ¡Dejad de pelar la pava y moved el culo!

Dimos todavía un par de vueltas más por el interior de nuestro enchufe galáctico, uno al lado del otro, y cuando el profesor no nos estaba mirando Mínguez dio un quiebro brusco, se metió en el vestuario y yo fui detrás.

—Soy demasiado viejo para esta mierda —dijo en cuanto se vio a resguardo. Indiana Mínguez lo flipaba bastante, pero lo sabíamos y lo aceptábamos: de lo contrario, le habríamos llamado Pablo Mínguez, que era como se llamaba de verdad.

Lo detuve y me llevé el índice a los labios. De algún lugar salía el sonido de alguien a quien estuvieran estrangulando con un cinturón pero todavía pudiese dar boqueadas angustiosas. Nos acercamos con el paso elástico de los zorros que rondan un corral: los jadeos provenían de una de las duchas. Nos apostamos uno a cada lado de ella como habíamos visto hacer en la televisión y Mínguez, instintivamente, formó con los dedos una pistola. Cuando al fin nos decidimos a mirar adentro, vimos a Zurita sentado sobre el plato de loza, calado de la cabeza a los pies, hipando y con los ojos hinchados. Era obvio que acababa de ducharse, pero curiosamente había decidido hacerlo sin quitarse el uniforme. Su espeso tupé se le había derrengado sobre la frente y sus manos se aferraban al escapulario de tela que pendía de su cuello.

—¡Nos has dado un susto de muerte, pelopolla!

Lo agarramos entre los dos, le pusimos su mochila entre las manos y lo sacamos del vestuario a empellones. Dejó tras de sí un rastro húmedo de babosa meapilas. Que le dieran por saco. Después cerramos la puerta, abrí mi bolsa y le mostré a Mínguez lo que había encontrado en ella. Él reaccionó como yo había deseado que reaccionase: desorbitando los ojos y abriendo mucho la boca. Luego, deletreó lo que ponía en el papelito.

—«Varpierniste», «cuentitopas». Esto está más chupado que la pipa de un indio.

Los investigados y los investigadores, los buenos, los malos y los regulares nos habíamos hecho cómplices de un mismo idioma. Indiana Mínguez sacó un lápiz y subrayó las letras válidas del mensaje —las consonantes de unas sílabas, las vocales de otras—. El mensaje decía así: «Dile a Rogelio que tu padre le cita en el bar Miami este viernes a las 17:25 y tendrás la cinta».

¿Por qué obedecíamos al primer anónimo que nos caía entre las manos? ¿Era porque realmente creíamos que la cinta de vídeo extraviada contenía un mensaje trascendental? ¿Era porque estábamos dispuestos a llegar todo lo lejos que hiciera falta para destripar los secretos del universo? ¿O bien porque lo principal de nuestra educación había consistido en obedecer a quien nos hablase con un mínimo de aplomo sin hacer preguntas impertinentes? Fuera como fuese, desde el primer instante Indiana Mínguez y yo solo pensamos en la manera de aplicar esas instrucciones. El bar Miami lo conocíamos bien. Estaba detrás del colegio, muy cerca de la galería de alimentación, y era adonde a veces nos mandaban los profesores por tabaco. Mínguez miraba y remiraba el papelito, y a cada poco soltaba «de puta madre», «cojonudo» y cosas así. Le pregunté por qué estaba tan contento y me dijo que era una noticia excelente, como cuando secuestran a alguien y le hacen una foto sosteniendo el periódico. Era, en otras palabras, un tipo de negociación. Págame unos milloncejos y no le corto a tu hijo más que una oreja; hazme este favorcillo y degüello a tus mascotas pero no a tu familia. Yo no conseguía entender por qué un secuestro era una noticia excelente, y menos aún cuando el secuestrado era yo.

—¿Y a mi padre qué le cuento?

—Joder, tío, pareces nuevo. A tu padre no le cuentas nasti de plasti: el pavo que te ha colocado esto en la bolsa lo que quiere es que le pongas al cura a tiro.

No entendí muy bien lo de poner a tiro, pero sí entendí que podía dejar a mi padre al margen de aquello, lo cual permitía salvar el principal escollo de las instrucciones. Mi misión, en otras palabras, no consistía en concertar una cita, sino en simular una cita. Las cosas resultaban así más simples, aunque también más arriesgadas.

Podía ir al encuentro de don Rogelio y darle el recado pero, como dijo Mínguez, ello me expondría sin necesidad: lo más probable era que el cura me leyera la impostura en la cara y que tuviera que darle unas explicaciones imposibles con las que solo quedaría como un oligofrénico. Mejor sería que lo llamase por teléfono, siguiendo la táctica del confesionario. Un pañuelo sobre el auricular bastaría para deformar la voz y hacerme pasar por mi propio padre.

Yo no las tenía todas conmigo: no solo debería llamar al sacerdote en horario escolar, sino que también tendría que ser capaz de interpretar mi papel en una conversación impredecible. ¿Y si el cura me preguntaba algo tan sencillo como el propósito del encuentro? No, sería más seguro convocarle por escrito. Podía hacerme fácilmente con una de las cuartillas timbradas de mi padre y escribir a máquina un mensaje que depositaría al día siguiente en secretaría, como hacíamos otras veces para transmitir a los profesores encargos, justificantes o donativos.

La idea entusiasmó a Indiana Mínguez. Si yo no había aprendido aún a imitar la firma de mi padre, él se tenía por un consumado falsificador de letras y podría reproducirla tras pocos minutos de práctica; solo necesitaría que le trajese una muestra de donde copiar. Rasparíamos un nueve del número de teléfono para transformarlo en un uno, de manera que, si al cura le venía la idea de llamarle antes del viernes, no pudiera hacerlo. La carta debía ser cortés a la vez que imperiosa; el motivo de la reunión debía evocarse de un modo difuso, pero no tanto como para que pareciera banal; la formulación tenía que mostrar complicidad, sugiriendo al mismo tiempo la existencia de desavenencias que solo podían dirimirse de viva voz.

—Jobar, ¿y entonces qué pongo?

—Saca un cuaderno y apunta.

33

Yo pensaba que los asesinatos, los secuestros, las falsificaciones, las violaciones, las confabulaciones, el espionaje y las ignominias eran cosas que ocurrían de sopetón, en un descuido de las víctimas, con la urgencia de los forajidos. No se me pasaba por la cabeza que esas tropelías también pudieran incubarse con parsimonia, que se pudieran ejecutar a mordisquitos, con dedicación, incluso con cariño, en periodos de tiempo que no se contaban en días ni en semanas, a veces ni siquiera en años.

Alguien que viviese varios milenios, alguien que midiera sus jornadas en generaciones, alguien que tuviera el pulso imperceptible —por lo pausado— de los árboles y de las sedimentaciones percibiría sin vacilar un montón de crímenes que no había visto la guardia civil, ni el FBI, ni la Interpol. Si nos poníamos así, el detective invencible podía ser un olivo que plantaron los romanos, o una de esas pitas de tropismos geológicos que habitan los climas desérticos. Ese era el detective al que habríamos tenido que contratar para averiguar qué le sucedió exactamente a Quique.

Un día, a santo de nada, Quique me preguntó si mis padres no venían de algún pueblo.

—No —respondí—. O sea, sí, mi madre viene de un sitio que se llama Villalpando. Pero solo vamos en verano.

A decir verdad, íbamos más veces a ver a los abuelos, pero mi padre renegaba; no quería que se nos pegase el pelo de la dehesa, decía, aunque él mismo había nacido en Zorita de los Canes, provincia de Guadalajara.

Habría olvidado la conversación si Quique no hubiera utilizado esa información una semana más tarde para tenderme una extraña encerrona. Varias veces me había pedido que fuera con él a las maratones de estudio que organizaba un club, una especie de campamento urbano al que había empezado a ir, y yo le había dado largas sin saber muy bien por qué; en aquella ocasión, sin embargo, me propuso que lo acompañase a su casa a jugar a la Nintendo. Eso ya era otra cosa.

Solo cuando estábamos llegando a su casa, en la cuesta de la avenida de Jesús de Nazaret, Quique me soltó a bocajarro que les había dicho a sus padres que ese fin de semana se iría conmigo a Villalpando. No era verdad, por supuesto; yo debía seguirle la corriente.

Aquello era un atraco a mano armada, pero escandalizarse habría contravenido nuestro decoro adolescente. A fin de cuentas, todos me sugerían que intimase con Quique, y ¿qué podía haber más íntimo que una conspiración? Pasamos junto al tresillo rameado, el bargueño de caoba y los cuadros de Manuel Viola, y nos sentamos en la cama a jugar a *Mega Man 2*, que acababa de salir.

Megaman es un niño robot que da brincos por algo así como un túnel del metro y lanza pelotas explosivas por los puños. Cuando le disparan pone cara de haber recibido un coscorrón, y hace falta que le acierten muchas veces para que muera. Por algo es Megaman. Al final de cada pantalla llega a una habitación sin ventanas donde lo está esperando un villano con un arma especial: está el hombre que dispara hojas de sierra radial, el hombre que detiene el tiempo, el hombre que arroja fuego atómico, el hombre peonza y el hombre que te lanza hojas de árbol, porque una propiedad de aquellos enemigos era que a veces convertían objetos inocuos en herramientas de destrucción. Era la primera vez que yo jugaba y estaba pasando las de Caín. La única ocasión en la que estuve a punto de derrotar al hombre ventilador, sorteando los tornados que disparaba contra mí, vino la madre de Quique con la merienda. Ella, como una antagonista extra de Megaman, me bombardeó con preguntas sobre lo que haríamos en Villalpando: si tenía muchos amigos allí, si visitaríamos las ruinas de la muralla, si Quique tenía que llevar traje de baño, si no molestaríamos a mis abuelos. Yo trataba de esquivar las preguntas como podía, respondiendo ocasionalmente con mi pobre munición de mentiras y aproximaciones.

Habíamos tramado un complot demasiado aparatoso para que pudiese llegar a ninguna parte. Ahora me pregunto, de hecho, si Quique no habría extremado las dimensiones de su frágil castillo de imposturas con el secreto deseo de que alguien lo desmoronara antes de que pudiese cobijarse en él. Esa misma noche, la madre de Quique llamó a la mía para preguntarle el número de teléfono de los abuelos de Villalpando, y ella, claro, se quedó de una pieza. Tuve suerte de que mi padre no estuviera aún en casa, porque así la bronca no fue en estéreo.

Mi padre volvió muy tarde de una junta de la comunidad de vecinos. Debía de ser la tercera o cuarta vez que discutían sobre la necesidad de cerrar el soportal de nuestro bloque con una verja, porque de noche se convertía en refugio de yonquis y macarras. Era un folletín que nos tuvo entretenidos muchos meses. A finales del año anterior habían instalado unos apliques picudos, de forja, sobre el murete que cercaba el soportal, porque los chicos se sentaban en él a fumar. Una chusta mal apagada había caído por el respiradero de la sala de calderas y había provocado una avería seria. Cuando la gente dejó de sentarse llegaron unos quinquis que convirtieron aquello poco menos que en un taller de motocicletas, y se decía que pasaban chocolate. La pasma nunca les había pillado con nada encima, pero los del primero estaban hasta el moño y los de los bajos comerciales —una papelería y una academia de música— empezaban a pedir que en contrapartida les bajasen el alquiler.

De modo que mi madre tuvo que armar la pelotera en solitario. Decía que había sido una enorme falta de responsabilidad por mi parte el ofrecerle a Quique una coartada para que anduviese por ahí a su aire, a escondidas de su familia. Cuando un chico de catorce años no está donde se le supone, se llama a la policía sin esperar ni un segundo. Y si durante ese fin de semana le hubiera ocurrido cualquier cosa, ¡qué cargo de conciencia! Qué cargo de conciencia para mí, por supuesto, pero también para ellos, para mis padres, que serían los primeros a los que les habrían pedido explicaciones. Esto no era una travesura sin consecuencias, era algo mil veces más serio. Tenía que aprender la lección y no prestarme ni en broma a esas maquinaciones. Ya tendríamos tiempo de correr el mundo cuando creciéramos.

Los padres de Quique —continuó mi madre— estaban muy decepcionados, porque nunca les había mentido de esa manera. Parece que le habían prohibido asistir a un retiro espiritual en un santuario, pero hacía semanas que habían dado por zanjada la discusión, y nunca hubieran sospechado que les fuera a desobedecer abiertamente, algo tan en contra, además, de la doctrina cristiana. Se preocupaban, claro, porque Quique había cambiado mucho. Dormía poco, fumaba, había comenzado a morderse las uñas, salía de casa antes incluso de que se levantaran ellos, volvía a la hora de cenar, se sentaba a la mesa sin saludarlos y al terminar se iba a su cuarto, donde a veces permanecía sentado largo rato con la mirada vacía. No era, desde luego, para estar tranquilo; le habían comprado la videoconsola las últimas navidades para animarlo y atarlo a casa, pero lo cierto es que aquella tarde había sido una de las pocas que había jugado con ella.

Cuando terminó de largarme la filípica, mi madre me obligó a prometerle que estaría pendiente de que Quique no hiciera ninguna tontería. La fórmula era tan vaga que no me comprometía a nada. Además, las tonterías eran propias de niños, mientras que nosotros éramos hombres hechos y derechos: si algo de lo que hacíamos nos acarreaba algún daño, no podía ser signo de debilidad, sino todo lo contrario, de determinación y fortaleza.

También se equivocaba mi madre en otra cosa. Desde pequeños nos habían explicado en el colegio que, en cierta ocasión, Jesucristo se había negado a hablar con su madre y sus hermanos; debían de ser más bien sus primos, sus primos hermanos, porque la Virgen María no habría podido tener más hijos sin perder la virginidad, y ello habría repugnado a la lógica divina. El caso es que luego, volviéndose hacia sus discípulos, Jesucristo había dicho: «Estos son mi madre y mis hermanos». Y en otra ocasión, de manera todavía más palmaria, había sentenciado: «Quien no odie a su padre y a su madre no es digno de mí». Si en algo consistía la doctrina cristiana, era en desobedecer a los padres.

Yo no creí ni por un instante que Quique —el que entraba en clase con un calcetín asomando por la bragueta, el que corría detrás de los autobuses para robarles la placa con el número, el que hacía calvos cuando se ponía de portero, el que tenía el brazo perpetuamente enrojecido de hacer cortes de manga, el eximio inventor del verbo «porcular»— tuviera la menor intención de pasarse un fin de semana rezando el rosario rodeado de chupacirios, de modo que deduje que nuestra farsa era la fachada de una fachada, y que a donde él quería ir no era ni a un santuario ni a Villalpando, sino a un tercer lugar. En ese tercer lugar debía de estar ocurriendo algo verdaderamente innombrable, si ni siquiera a mí podía imponerme en el secreto.

Pero, como ya he dicho, yo también había notado algo raro en mi amigo, algo que entonces no sabía poner en palabras, pero que ahora calificaría como una repentina falta de consistencia comparable a los primeros indicios de la senilidad. En los años del bachillerato prácticamente dejaría de verlo, aunque continuamos en la misma clase. Le cambió la voz, pero no como a todos: no solo se hizo más grave, sino que se alteraron sus inflexiones, su entonación; su risa, en cambio, devino aguda y estridente. A veces soltaba expresiones que no circulaban por nuestro patio. De repente, sabía latín. Físicamente se volvió retraído e inseguro. Hacía mucho deporte, y las pocas veces en que hablaba con él me insistía para que fuera a jugar al fútbol los fines de semana con esos amigos suyos del campamento urbano. Yo tenía entonces frescas en la memoria aquellas películas sobre esporas alienígenas que sustituyen a los seres humanos por réplicas vegetales, o sobre díscolos adolescentes que eran subrepticiamente reemplazados por robots programados conforme al deseo de los padres. Si Quique era un robot, no obstante, había sido programado para contrariar cristianamente ese deseo.

En este apartamento familiar que ahora vuelve a ser mi casa ha aparecido, debajo de una resma de láminas de ciento treinta gramos para dibujo artístico, una carpeta con cartas. La mayoría de ellas procede de dos amigos por correspondencia a los que nunca vi en persona. Uno era mayor que yo y me enviaba fotocopias de *Muy Interesante* y mensajes que le habían transmitido telepáticamente los habitantes de un planeta llamado Ummo. Entre esas cartas he encontrado también varias postales de Quique de veraneos antiguos, llenas de expresiones tan convencionales y mojigatas que me ruborizo leyéndolas. En una me recomendaba, por ejemplo, que cuando fuera a la playa me pusiera unas gafas de madera para que los bikinis no me inspirasen pensamientos ni deseos impuros. Aparte de ellas, lo único y lo último que conservo de Quique es una carta fechada en agosto de 1994, cuando yo estaba a punto de matricularme en la universidad y todavía ignoraba que no volveríamos a vernos. Al leerla se advierte que él me consideraba aún uno de sus mejores amigos. Su contenido me resulta hoy incomprensible; acaso en su momento alguna de sus expresiones tuviera un significado para mí, pero tampoco creo que fuera suficiente para darle un sentido nítido al conjunto. Debí de leerla con una mezcla de confusión y de vergüenza ajena. El texto transpira una ofuscación laberíntica, una angustia aplastante, y me gustaría pensar que respondí con afecto y cercanía, pero estoy casi seguro de que no lo hice. Cualquier respuesta habría sido buena; temo ahora que mi contención y mi desapego hayan podido empujarlo a esa muerte social que adivino, o a algo peor. Por lealtad a la persona que Quique fue alguna vez, desearía que hubiera encontrado un trabajo estimulante, que les enseñase chistes verdes a sus sobrinos, que organizase las fiestas más divertidas y que alguien lo quisiera lo suficiente como para acompañarlo en el envejecimiento y el deterioro; sin embargo, lo que hizo y escribió antes de que perdiera contacto con él hace presagiar todo lo contrario. Exactamente lo contrario, si tal cosa tiene sentido. Esa última carta, cuyo sobre he extraviado, también parecía dictada telepáticamente desde un planeta diminuto y frío. Decía así:

> *Querido Álvaro:*
>
> *Hace tiempo que te debo una explicación, una explicación que es algo así como una confesión de mi fracaso, sin contrición ni penitencia.*
>
> *¿Recuerdas lo unidos que estábamos cuando jugábamos a detectives? Luego, aunque pudiera parecerlo, nunca nos alejamos demasiado. Los dos hemos querido siempre lo mismo: descubrir la verdad. Solo que hay dos verdades: la verdad que los hombres encubren porque se avergüenzan de ella, y otra, que está por encima y es la verdad trascendente.*
>
> *Si tú eras Marlowe, yo creí poder ser el padre Brown, y puse en ello el mayor empeño. Pese a haber perseverado muchos años, no me siento como un héroe; más bien al contrario. He querido verlo como un buen síntoma: si me siento mal es que sigo a nuestro Padre de forma desinteresada. Pero las tripas (y los buenos detectives le hacen caso a sus tripas) me dicen que algo anda horriblemente torcido.*
>
> *Los instantes en que tomo plena posesión y conciencia de mi situación son terribles. Ha llegado un momento en que, por grande que sea mi fe, mi voluntad no da más de sí.*
>
> *Necesito dinero, necesito que llueva y necesito descansar, porque mi cabeza está a punto de reventar como una*

granada. *Cierro los ojos, refugiándome en las verdades originarias. ¿Me vive alguien por detrás de esas verdades? Me repito que se me restituirá el ciento por uno, pero hay días como hoy en que saltan los fusibles, todo cae en la oscuridad y hace falta que otra persona me recuerde quién soy. ¿Quién soy?*

Te aburro, seguramente, pero quizá releas estas líneas cuando regreses de tu viaje por la tierra de confusión y vengas a buscarme.

34

—Sí, mire, nos va a poner unos rollitos de primavera. De segundo queríamos un arroz frito tres delicias, cerdo agridulce, una de pato cantonés, pollo con almendras y helado frito; todo para llevar, con extra de salsa y... Espere un segundo.

—Pequinés —dijo Mínguez.

Ahogué el micrófono con la mano.

—¿Qué?

—Pato pequinés. Creo que es «pato pequinés».

—No, subnormal. Pequinés es un perro. Bueno, es igual, ya han colgado.

José Luis nos había dado un número de teléfono con un prefijo raro en el que siempre cogían las llamadas a cobro revertido. Al otro lado de la línea alguien hablaba un idioma extranjero que a mí me parecía chino. Estoy bastante seguro de que nos insultaban.

—En lugar de gastar bromas infantiles debería haberles avisado. Debería haber dicho algo. ¡Seguro que un número así está controlado por la CIA! Alguien estará a la escucha.

—¿Y qué íbamos a decir?

No respondí, pero podíamos haber dicho que en nuestro colegio había gato encerrado, que aparecían ojos, que los profesores se esfumaban en el aire, que una red de espionaje cruzaba mensajes en noruego, que alguien había robado una cinta de vídeo con el enigma de las pirámides, que los ladrones de cerebros cambiaban a la gente, que los cuerpos seguían siendo los mismos pero por dentro tenían cables y circuitos, o las fibras vegetales de un marciano ultracatólico.

Estábamos ambos apretujados dentro de una cabina telefónica. Inclinando la cabeza, uno de los dos podía vigilar una de las aristas de la cafetería en la que habíamos citado a don Rogelio. El otro podía entrever el muro exterior del colegio en el punto menos frecuentado de su perímetro, cruzado por las sombras de los pinos y abrigado por la vegetación silvestre que había colonizado los parterres de aquel barrio. De noche no debía de andar mucha gente por allí, y por eso alguien había tenido todo el tiempo del mundo para escribir con un espray, en grandes letras rojas, «Carrillo al paredón». Por el otro lado, esa parte del muro daba al terraplén que yo había peinado semanas atrás, tras los pasos de Ramírez.

—Los de la CIA no son radioaficionados que se pasen el día con todos los canales abiertos revisando las llamadas a los restaurantes chinos.

—Pues sería una manera cojonuda de mandar mensajes en clave —repliqué, sacando del bolsillo otro puñado de pipas—. Además, no es un restaurante chino.

Era verdad: cuando llamábamos a aquel número se oía un fondo de cuartel general, de oficina diáfana arrullada por el zumbido de los burofaxes y por las ráfagas que disparaban las máquinas de escribir eléctricas.

—Imagínate, entonces, que lo hemos hecho —concluyó Mínguez, cansado de la discusión—: nuestra petición de ayuda ha sido inconscientemente canalizada en los rollitos de primavera que acabas de pedir y la caballería llegará de un momento a otro. Y córrete un poco para allá, que con tanta intimidad como hay aquí, si me descuido me la enchufas.

—Ya te gustaría a ti que me corriera, pero la verdad, como no te crezcan más las tetas, lo veo difícil.

Mínguez dejó de vigilar el bar para mirarse el pecho.

—¿Cómo que «más», hijoputa?

Llevábamos allí un buen rato, comiendo pipas y simulando que hablábamos por teléfono o llamando por teléfono de verdad a números que recordábamos, haciéndonos pasar por el doctor Jiménez del Oso, por periodistas o por las chicas de los anuncios de los periódicos. Aquello casi parecía una ocupación real, aunque estábamos seguros de que no iba a ocurrir nada, de que un cura entraría en la cafetería y el mismo cura saldría de ella veinte minutos después, con un paso más impaciente. Mi padre no acudiría a aquella cita que no había propuesto y de la que nada sabía.

—¡Disimula! ¡No mires, no mires!

—¿Qué pasa? —dijo Mínguez, cubriéndose el perfil con el auricular. Yo oculté mi cabeza detrás del depósito de monedas. Don Rogelio subía la cuesta y unos segundos después entraba en el bar Miami.

Solo un par de años más tarde llegaría a España una serie de televisión sobre fenómenos paranormales en la que el investigador del FBI, Fox Mulder, comía pipas de girasol, lo que en Estados Unidos era —se conoce— una auténtica extravagancia. La serie se emitió demasiado tarde para que yo lo interpretase como una sintonía que se nos había ocultado incluso a nosotros mismos, un horóscopo telúrico, un parentesco súbitamente revelado que nos aliaba en una misión y en un destino.

Diecisiete pipas después, cuando la voluntad de hacer algo con nuestra tarde empezaba a imponerse sobre la esperanza de desvelar el misterio de la cinta desmaterializada, vimos subir pegado a la tapia a Navarrete, y esta vez tuvimos que agacharnos porque miraba a un lado y al otro con desconfianza o embarazo, como si llevara una *Penthouse* bajo el niqui.

Desde el ángulo forzado al que me había confinado Mínguez, vi cómo Navarrete se detenía delante de la pintada que proponía pasar por las armas al que fuera secretario general del Partido Comunista de España. Acto seguido, alguien arrojó desde dentro algo que más tarde identificaríamos como una bolsa de deporte, pero esta quedó trabada en la malla de alambre que remataba la tapia. Navarrete forcejeó con la bolsa, cada vez más nervioso, y luego sonaron unos estampidos violentos y pensé «lo han matado».

Mínguez salió de la cabina y saltó en plancha tras los arriates. Varios metros por detrás de nosotros, una mujer que salía de la galería de alimentación con el carrito de la compra se detuvo y giró la cabeza, asustada. Entonces fue también —pero esto solo lo imagino— cuando don Rogelio posó el café y se acercó al ventanal de la cafetería. Desde allí no podía ver casi nada; solo una nubecilla de humo con olor a pólvora. Por eso dejó veinte duros en la barra y salió a la calle: si hay alguien en trance de agonía, un sacerdote tiene la obligación de procurarle los últimos auxilios.

Ni a Navarrete ni al ex secretario general del Partido Comunista de España los ejecutaron contra aquella pared. Tras el sobresalto inicial, nuestro compañero de clase había colgado de la bolsa de deporte todo su peso, intentando desengancharla con una precipitación parecida al pánico, y acababa de conseguirlo cuando don Rogelio llegó a su altura. Desde donde estábamos, ni Mínguez ni yo conseguimos oír lo que decían, pero sí vimos que el cura instaba a Navarrete a abrir la bolsa de deporte y que este obedecía e iba extrayendo de ella, a regañadientes, bolsas de plástico, unas transparentes, otras blancas, otras marcadas con logotipos de supermercados. De ellas sacaba lo que claramente eran cintas VHS, y se las mostraba al sacerdote. En esas bolsas de plástico había también papeles, y por lo menos algunos de esos papeles eran billetes, según afirmó luego Mínguez, que aguzaba la vista entre los matorrales haciendo de su puño un catalejo, y que observaba la escena cuatro o cinco metros más cerca que yo.

Don Rogelio detuvo momentáneamente su registro, se acercó a la tapia, se puso de puntillas para atisbar del otro lado, encendió un cigarrillo y luego fue él mismo quien revolvió dentro de la bolsa de deporte. Sacaba algunas películas de sus envoltorios, las miraba por el canto —obviamente estaba leyendo las etiquetas— y las devolvía al interior, hasta que se detuvo en una, se la mostró a Navarrete y luego se la colocó debajo del brazo. Aquello le hizo perder a Navarrete su centro de gravedad moral, lanzándolo a una confusa coreografía de aspavientos, que ejecutaba con rostro congestionado, pero nos quedamos sin saber qué fue lo que dijo porque nadie me había hecho caso cuando, meses antes, propuse que aprendiéramos a leer los labios, y Mínguez mintió cuando aseguraba que él ya sabía hacerlo.

35

La grupa de una veinteañera emerge de entre las sábanas revueltas. La atmósfera de mi dormitorio, saturada por todos los aromas de la noche, da la síntesis sinestésica de mis pecados. Me levanto, me pongo los pantalones y abro la puerta extremando las precauciones. No hay nadie en el pasillo. Cierro sigilosamente tras de mí y me introduzco en el cuarto de baño como un ladrón.

Intento no mirarme al espejo. Mientras vacío la vejiga capto algo anómalo por el rabillo del ojo. Descorro la cortina de la bañera y lo que veo sostiene un extraño paralelismo con otra bañera perdida en el pasado. La mía está llena de escuadras, de cartuchos de estilográfica, de ladrillos de plastilina, de cuadernos de papel pautado y de plantillas con el mapa físico, hidrográfico y autonómico de España.

La quijotada pedagógica de mi madre ha erradicado de nuestra casa toda noción de orden. El orden había sido uno de los ingredientes de nuestro estatuto social. Cuando yo era chico, a mi padre se lo llevaban los demonios si yo desplazaba accidentalmente una de las polveras de latón repujado que había sobre el velador del salón; si hoy viniera de visita y viera que el jarrón de Sargadelos está lleno de pegamentos de barra, se fundiría hasta quedar reducido a un charquito de bilis burbujeante. El orden era la primera y más asequible de nuestras conquistas sociales, el lujo elemental, lo que nos distinguía del campamento, del barracón, de la casa de huéspedes. Ahora —pienso, mirando la bañera— hemos vuelto al caldo primigenio.

Desde la cocina llega el ronroneo inarticulado de un contertulio radiofónico. Mi misión consiste en contener a mi madre allí el tiempo suficiente para que pueda salir discretamente la pibita que me traje anoche de tapadillo. Lo que temo no es tanto que mi madre se escandalice como que me pregunte quién es y de qué la conozco. Yo tendría que responder que no tengo la más mínima idea, y ella me diría que soy un amoral y que esas no son formas de tratar a las mujeres. ¿Cómo no van a ser formas de tratar a las mujeres si esta noche, a pesar de que los dos íbamos hasta las trancas, le he removido el puchero dos veces y media?

—¿Sabes que tienes la bañera llena de chismes? —digo, entrando en la cocina.

—Buenas tardes —dice ella.

Mi madre ha vaciado los anaqueles superiores de la despensa y ha repartido sobre la encimera latas de conserva, cajas de maicena y bolsas de pasta. Aunque parezca imposible, muchas están caducadas. Me explica que está haciendo sitio para un donativo de material escolar que ha hecho un concejal, propietario de unos grandes almacenes. Las cosas de la bañera, precisamente. Será solo hasta dentro de una o dos semanas, cuando puedan empezar a repartirlo todo entre las familias necesitadas; de momento, tanto los locales parroquiales como los de Cáritas Diocesana están saturados.

Me llaman la atención unas cajetillas que hay junto al fregadero. Tienen un etiquetado muy sencillo, monocromo, que representa a un tigre salvaje abalanzándose sobre un vaso de limonada. Casi se diría un error de impresión, una superposición casual de dos etiquetas diferentes.

—¿Y esto qué es?

—Gaseosillas.

Unos polvos que sirven para esponjar las masas de repostería. Sus ingredientes avivan en mis alcoholizados sesos recuerdos de remotas clases universitarias; la mezcla de bicarbonato con una sustancia ácida produce dióxido de carbono, es decir, burbujas.

—Cuando yo era pequeña, en Villalpando, usábamos estos sobrecitos para hacernos limonada con gas. Estas del

Tigre son las clásicas. Son cosas que tengo de cuando me gustaba cocinar.

Mi resaca debe de ser de las que hacen época, porque he creído oír que a mi madre le gustaba cocinar. Lo más parecido a cocinar que ella ha hecho nunca es mojar en kétchup las patatas fritas de bolsa.

—De cuando *creía* que me gustaba cocinar —corrige—. Hacía paellas, codillo asado, horneaba bizcochos, coleccionaba recetas... Sí, no pongas esa cara, ¿quién te crees que te hacía los pasteles de cumpleaños? Y un día, en medio de un bacalao a la vizcaína, perdí la fe. Me di cuenta de que cocinar era solo una faena más, como planchar o fregar el suelo. Así que decidí dedicarle a la cocina la misma pasión que dedicaba a planchar o a fregar, cuando no lo hacía la muchacha, y emplear mi tiempo en cosas que me interesasen más.

Es cierto que mi madre siempre había sido muy cinéfila, y que por las noches, al volver de la Telefónica, se tragaba unos novelones imponentes que le pedía al Círculo de Lectores, pero hasta el día de hoy, la idea de que esas actividades cautivasen su interés, la posibilidad de que fueran para ella algo más que pasatiempos inapetentes me habría resultado extravagante. En cuanto a su filantropía devoradora, se trataba de una afección tardía, muy posterior a su dimisión culinaria.

—¿Me estás diciendo —digo— que llevamos toda la vida comiendo palitos de cangrejo con mayonesa aunque sabes hacer paella?

—Oye, bonito —dice—, si tanto te gusta la paella, ¿por qué no aprendes a hacerla tú? ¿Por qué no te haces por lo menos la cama, que han pasado tres meses desde que volviste a vivir aquí y no pegas palo al agua?

—Sí, claro, ahora mismo —digo, irónicamente—. Ahora mismo —repito luego, con decisión, al recordar el Chernóbil sexual que he dejado en mi dormitorio. Si algún día empiezo a hacer la cama, más vale que ese día sea hoy. Pero antes debo cerciorarme de que mi madre no salga de la cocina en varios minutos: los necesarios para ejecutar el peligroso truco de la desaparición del ligue accidental—. Tú de todos modos tienes aquí para rato, ¿no?, con tu Tigre y los macarrones.

Ella responde que sí, que hoy vamos a comer macarrones con tigre gaseoso, y que me dé prisa en ducharme porque van a dar las dos y, de momento, el macarra que más huele a tigre soy yo.

Cierro la puerta de la cocina, abro sin hacer ruido la del recibidor y la de la calle, retrocedo de puntillas hasta mi habitación, dispuesto a poner a la pibita en la escalera con los zapatos en la mano, como en los peores vodeviles, pero descubro, entre incrédulo y aliviado, que mientras yo hablaba con mi madre la muchacha ha puesto pies en polvorosa. No lo habríamos hecho mejor ni ensayando. Es una pena que no me haya dejado su número de teléfono, porque formamos un buen equipo.

Abro el armario y extraigo un juego de ropa de cama limpio de entre dos pilas de cuadernos de anillas. Cambio las sábanas, hago un ovillo con las sucias y, cuando levanto el colchón para remeter la colcha atisbo una forma inconcreta debajo del somier. Aparto el colchón de un tirón enérgico y levanto el bastidor de listones.

No me puedo creer que haya estado durmiendo encima de ella todo este tiempo.

36

—Una puta mierda.

Una puta mierda de perro era exactamente lo que descubrió Mínguez en su jersey al incorporarse detrás de los arriates. Se lo quitó y trató de limpiar los restos de excremento con unos hierbajos, sin mucho éxito. Al final optó por doblar el jersey y meterlo en una bolsa de patatas fritas que sacó de una papelera, de manera que por lo menos no manchase nada hasta que pudiera echarlo en el cesto de la ropa sucia e inventarse una explicación menos deshonrosa que la verdad.

Siempre me han admirado las trayectorias rectilíneas, las personas que han decidido quiénes son y mantienen esa certidumbre contra viento y marea. Siento por ellas una forma irracional y primitiva de reverencia parecida a la fascinación refleja que producen las superficies irisadas de los discos compactos. Decidir quién es uno y mantener ese envite mientras todos los demás seres del universo suben las apuestas en contra es probablemente lo más necio que uno puede hacer en esta tierra, pero en algún caso infrecuente no conduce a la frustración y al lorazepam. En un caso entre mil esa obcecación monolítica sale bien y produce una biografía de héroe clásico.

Indiana Mínguez supo quién era desde el primer día, con una certeza que todavía hoy envidio, aunque a muchos otros, como digo, los haya arrastrado al interior de un bosque cada vez más espeso y sombrío. Según veo en internet, Mínguez es hoy profesor contratado de Arqueología e Historia del Arte en una universidad del Medio Oeste americano. Ahora rastrea en el suelo las marcas que permiten comprender lo ocurrido hace decenas de miles de años, pero esa misma pulsión se activó aquella tarde reconstruyendo, a partir de las señales sutiles del terreno, lo que había ocurrido hacía apenas unos pocos minutos.

No presentaba el muro las marcas de disparos que esperábamos, pero en el suelo hallamos un pedazo de papel de estraza. Mínguez se lo llevó a la nariz, y dijo: «Masclet». Es el nombre que dan en Valencia a unos petardos gordos como pulgares. Algo más allá encontró la esquina de una hoja cuadriculada, escrita en ese código que ya era nuestra segunda lengua.

—«Asignatura pendiente» —descifré.

—Joder, vaya españolada. Si es que son todos unos follacabras...

Haciendo estribo con las manos lo ayudé a encaramarse al muro. En lo alto de este había medio metro de malla metálica, que se extendía a lo largo de todo el recinto. Lo que no era normal es que alguien hubiera añadido alambre de espino a esa malla, fijándolo al remate superior mediante un diminuto y apretado trenzado de cable.

—Va solo por esta parte —dijo Mínguez, con un pie de cada lado de la malla. Con la mano señalaba el tramo de muro accesible desde el terraplén y que, al mismo tiempo, no estaba demasiado expuesto a las miradas de los transeúntes, por dar a un lateral ciego de la galería de alimentación.

Así pues, la escena que habíamos presenciado desde la cabina de teléfono no había sido el producto de una concatenación de hechos fortuitos. Alguien la había coreografiado, previendo que la bolsa de deportes sería arrojada por aquella parte del recinto, infiriendo que su peso haría que rozase la malla, ingeniándoselas para que quedase enganchada en ella y llamando la atención de quienes estuvieran cerca con una detonación sincronizada. Y esa misma persona se las había apañado para conseguir que quien más cerca estuviera fuera precisamente don Rogelio, utilizándonos a nosotros como intermediarios.

Ni el día de mi primera comunión, ni cuando un coche se saltó un semáforo y pasó a un centímetro de mi tobillo, ni cuando mi madre le pidió a san Antonio que le encontrase las llaves y se las trajo un vecino, ni aquella tarde de mayo que nos llevaron a rezar el rosario en uno de los picos de Guadarrama y la tormenta que se acercaba a nosotros cambió de rumbo como por ensalmo: en ningún otro momento había sentido ni he vuelto a sentir como entonces la presencia de una inteligencia superior, de una mano providencial que engarza casualidades y embrida el caos.

Daba la sensación de que Mínguez había entrado en sintonía con esc poder y sabía exactamente qué buscar. Se había dejado caer del otro lado de la tapia e inspeccionaba el terraplén. Al cabo de unos minutos volvió a auparse sobre el muro, agarrándose a la malla y encajando los zapatos de perfil en las juntas de los ladrillos.

—No tiene sentido atravesar el colegio con una bolsa llena de pelis clandestinas.

—¿No?

—No. Y menos si se hace cada semana y cuando ya casi no quedan alumnos. Yo creo que este es un lugar de intercambio: la peña lanza las películas desde la calle y una tarde sube alguien por dentro del colegio, seguramente la Ramera —o sea, Ramírez—, las mete en una bolsa de deporte y se las lanza a Navarrete, que está esperando fuera, donde estás tú. Seguro que se hicieron una señal, una contraseña que no hemos podido oír, pero los muy capullos se despistaron comprobando que no había moros en la costa, y no vieron las púas, y se les jodió el invento.

—Entonces todas esas cintas de la bolsa, ¿eran copias de la película?

—Tío, estás en la higuera, ¿cómo van a ser copias de la peli del Donato? No, joder, seguro que eran pelis guarrindongas, como *Asignatura pendiente*, *La miel* o *El lago azul*.

Mínguez dejaba el vídeo puesto muchas noches para que grabase hasta el cierre de programación y así había cazado alguna película de las no toleradas, pero su tragedia es que no encontraba la ocasión de verlas solo y, por temor a ser cogido in fraganti, acababa grabando encima otros programas, sin llegar a catar sino fragmentos de aquel enorme yacimiento electromagnético de curiosidades reprimidas. Ninguna de aquellas películas que no vimos era verdaderamente pornográfica, o solo lo era por contagio al conjunto del metraje de un desnudo frontal, de un culo pimpante en plano americano, de una escena de ducha, de un plano secuencia en un vestuario lleno de adolescentes sin sostén, hipnotizante y rebobinable.

De todos modos, cuando Mínguez se bajó del muro con el polo tiznado de ladrillo parecía menos convencido de que ese fuera todo el contenido de la bolsa. Una de las casetes había tenido un efecto devastador para Navarrete, y era precisamente la que don Rogelio había requisado. No nos podíamos imaginar que un cura quisiera ver una peli del destape, pero aun cuando esa hubiera sido su intención, ¿por qué no se había llevado la bolsa entera? Sin duda don Rogelio levitaba en una región del éter desde la cual las ancas de Bo Derek, los labios de Jane Birkin, la mirada transtemporal de Brooke Shields o el pubis retador de Victoria Abril eran rasgos sin forma, líneas desenfocadas, materia sin misterio. Era una única cinta la que el cura podía querer, y la quería —de eso estaba yo seguro— para destruirla.

Quienquiera que hubiese planeado aquel número iba muy por delante de nosotros en sus indagaciones. Sabía todo lo que Mínguez comenzaba a adivinar ahora: que Navarrete y Ramírez habían instaurado un procedimiento para el intercambio de cintas descocadas; que probablemente les ayudaba el hermano de aquel, el cual, por ser mayor de edad, podía alquilarlas legalmente; que seguían una rutina fija; que quienes se beneficiaban de ese tráfico comunicaban sus preferencias por medio del código vikingo; que la bolsa en la que metían las casetes era pesada y también algo frágil, por lo que resultaba difícil lanzarla en volandas desde dentro, y era mucho más cómodo posarla sobre la malla de la tapia para que el otro la recogiera desde el exterior. Además, había hecho suposiciones arriesgadas pero que finalmente se revelaron correctas: que citaríamos a don Rogelio; que el alambre de espino retendría la bolsa el tiempo suficiente; que don Rogelio saldría del bar, intrigado, al escuchar un estallido en la frontera de su feudo.

Por último, si la persona que había tirado de todos estos hilos quería agravar el delito de Navarrete, y si esa persona era la misma que tenía la cinta de don Donato, simplemente tenía que arrojarla un poco antes al interior del terraplén. Allí, si no estábamos equivocados, se mezcló con otras cintas que Ramírez introdujo rápidamente en la bolsa, sin contarlas, sin prestar atención a las etiquetas, aunque quizá no tuvieran etiquetas, o estas fueran etiquetas falsas, y aunque de todos modos no se vieran por estar protegidas por bolsas de plástico. Al menos una de esas etiquetas no era falsa, y decía «El grito silencioso / Vacaciones 1988».

Indiana Mínguez comprendía que aún le faltaba una pieza para completar el rompecabezas, y seguía con la vista el mariposeo zigzagueante de su intuición. Al fin fijó la mirada en un punto elevado del objeto más próximo a nosotros, pero también del más difícil de percibir, por sus propias dimensiones: la fachada del bloque de apartamentos que formaba callejón con el colegio, y en cuyo bajo estaba el bar Miami. Lo vi salir corriendo y doblar la esquina. Supongo que el portal se encontraba al otro lado de la manzana y que Mínguez llamó a varios pisos a la vez haciéndose pasar por un cartero comercial hasta que alguien le abrió sin hacer preguntas, y él subió de tres en tres los escalones hasta el tercer rellano, donde descubrió una ventana entreabierta, esmerilada, de guillotina, que daba casi exactamente sobre el lugar en el que unos minutos antes habían caído varios petardos y en el que Navarrete había sido cazado en pleno contrabando de tetas y culos. Desde allí, Indiana Mínguez asomó la cabeza, miró hacia abajo y con una voz opaca, vibrante de admiración, exclamó:

—¡Hijo de la grandísima puta!

37

«¡Hola, amigo! Estos son cuatro amigos tuyos. Se llaman los hermanos Pin». Estas frases de sintaxis equívoca eran las primeras de *El pájaro verde*, un libro de lectura elemental de la editorial SM. El resto era poco memorable —yo, por lo menos, solo guardo de él un aroma tenue a viajes y despedidas—, pero ningún otro libro ha tenido luego esa manera tan espontánea de trabar amistad conmigo.

Con *El país de la pizarra*, de Ana María Matute, me saqué mis primeras huellas dactilares; era una lectura obligatoria del colegio, en tercero, y de los treinta y nueve que éramos en clase, solo yo descubrí que la pizarra de una de las ilustraciones desteñía al frotarla, así que me pasé un par de días plasmando mis huellas por todas partes, reproducidas con la tinta de aquella falsa pizarra de libro. Mi carrera detectivesca comenzó siguiendo el rastro de mis propios dedos.

Tengo la sensación de haber leído todos los números de Barco de Vapor, al menos los de la colección naranja. No es verdad, desde luego, pero siempre que veo un ejemplar en los puestos de la Cuesta de Moyano es uno que he leído, por más que a veces no haya quedado sino una difusa impresión de lo ardua o placentera que fue su lectura.

De más chico tuve innumerables volúmenes en cartoné de Miñón, con sus inconfundibles cuadrados concéntricos en la cubierta, y que muchas veces me parecían herméticos o voluntariosamente líricos. Pero el primer libro que realmente perseguí, preguntando por él en varias librerías, fue *El hombre pequeñito*. Tengo la seguridad de que el título me atrajo con extraño magnetismo. A lo mejor esperaba hallar en él alguna clave para mi existencia de hombre pequeño. Pero la vida del hombre pequeñito de Erich Kästner era muy distinta de la mía: él dormía en una caja de cerillas y viajaba con un circo.

Había innumerables colecciones de niños detectives. *Los Hollister*, que editaba Toray, *Los Cinco*, *Gilles*, *Los Tres Investigadores* y, en un tono más bufo que ya me quedaba chico, *PAKTO secreto*. Por encima de todos ellos en mi panteón literario infantil se hallaban tres libros. El primero, del que ya he hablado, contenía las fenomenales aventuras de *La Mano Negra*. Es curioso que haya olvidado el título de los otros dos, a pesar de que llegué a saberme su contenido de memoria. Uno era amarillo y tenía un varano en la portada; era un *thriller* sobrecogedor que releí muchas veces, donde una bolsa de caramelos escondía un mensaje fatídico por culpa del cual secuestraban a una pandilla de muchachos. En cuanto al tercer libro, trataba de una isla llena de pruebas de ingenio que nadie podía resolver en solitario, y los equipos que competían en aquella especie de escenario de telerrealidad adelantado a su era ignoraban la suerte que les estaba reservada a los ganadores, aunque nadie dudaba de que sería algo excepcional, capaz de cambiar irremisiblemente su propio destino y, quizá, el de todo el planeta. Sin embargo, los concursantes más inteligentes parecían ser aquellos que abandonaban y regresaban a sus vidas oscuras, lejos de aquella isla de nombre impronunciable.

Desde la altura de mis treinta y dos años, mi biografía lectora me parece una biblioteca de aluvión, una de esas mesas revueltas que montan los libreros de viejo sobre dos caballetes, atiborrada de volúmenes desencuadernados y colecciones interrumpidas. Muchos de esos libros procedían de la biblioteca del distrito Retiro, que estaba a doce o trece paradas de mi casa, pero solo a cinco del colegio, por lo que algunas tardes me dejaba caer por allí. Un día, cuando el Monje era nuestro tutor, me vio leyendo una novela de Agatha Christie y me dijo que debía empezar a leer cosas serias y que en adelante él me recomendaría las lecturas. Pocos días después me sugirió que leyera un libro del cual no había ejemplares en la biblioteca de Retiro; por suerte, él tenía uno en su casa. Trataba de una chica a la que le detectaban un tumor monstruoso en la espalda, por lo que estaba condenada a morir, pero ella hablaba con su ángel de la guarda y cuando al final se moría todo el mundo pensaba que era una santa.

—¿Has llorado? —me preguntó el Monje cuando se lo devolví. Algo en su forma de hacer la pregunta me dio a entender que esperaba una respuesta afirmativa.

—Sí —mentí, comprendiendo inmediatamente que era la respuesta correcta.

—No conozco a nadie que lo haya leído y que no llorase.

Por primera vez en muchos años admitía que había llorado, y encima no era verdad. A veces lloraba, lloraba incluso por cosas que veía en la tele, o que leía, pero nunca habría llorado por la muerte de una niña cursi que tenía un amigo imaginario. Había leído el libro de la única manera en que me habían enseñado a leer libros como aquel, y ahora la pregunta del Monje evidenciaba la estridente discordancia de mis aspiraciones detectivescas, sugiriendo que en cierto modo el destino de las niñas cursis que hablan con el ángel de la guarda también era el mío, o podía ser el mío, y que debía llorar por ello.

Animado por lo que debió de considerar un éxito, el Monje me recomendó otro libro. Este sí estaba en la biblioteca pública. La cubierta presentaba a un excursionista visto desde detrás, contemplando un paisaje montañoso. Entonces no atiné a saber de qué trataba, y ahora lo sé todavía menos. Alguien —quizá el excursionista— tenía que escribir una carta, una carta de la que dependían muchas cosas. A sus vacilaciones se les atribuían los adjetivos de las grandes aventuras, pero lo cierto es que aquel excursionista no llegaba a ningún país singular, ni tenía encuentros extraordinarios, ni desvelaba ningún enigma. Ni siquiera moría en olor de santidad.

Cuando se lo devolví, le dije al Monje que estaba muy bien, y me convencí de que era la lectura la que me rechazaba a mí. Después fui confirmando ese abandono en una serie de elecciones que ni siquiera necesité meditar —tan naturales parecían— y que venían avaladas por pruebas psicotécnicas de orientación pedagógica. Poco menos que le preguntaban a uno cómo quería que fuera su vida, y yo contestaba lo que de algún modo sabía que debía contestar, igual que había sabido lo que el Monje quería oír.

El papel que me ha sido reservado en los acontecimientos que presencié con catorce años no es, sin duda, el más lucido, ni el que yo habría escogido para mí, pero espero compensarlo con la escritura de esta relación. Lástima que, debido a mi larga catalepsia lectora, solo sepa hacerlo imitando los cuentos de Michael Ende y de Erich Kästner, las novelitas de detectives ambientadas en Gales, los álbumes de Uderzo y de Edgar P. Jacobs, así como aquellas columnas de lírica cheli que Francisco Umbral publicaba en *El Mundo*, el periódico que mi padre compraba y mutilaba a diario.

Al juntar ahora todos los fragmentos que componen esta historia, me veo obligado a colocarlos uno detrás de otro, aunque en mi cabeza se barajan y confunden, como instantáneas despegadas que a lo mejor sucedieron en un orden menos legible que aquel en el que aquí forman. En particular vacilo al rememorar los hechos que siguieron a la encerrona en la que cayó Navarrete. No sé precisar cuándo me llegó el rumor —nadie nos lo comunicó nunca oficialmente— de que lo habían expulsado del colegio hasta las vacaciones de verano. Navarrete nunca regresó, pero no creo que fuera por una extensión de la pena, sino porque su familia, que estaba montada en el dólar y creía tener mano con el patronato del colegio, debió de considerarse afrentada y se lo llevó a un colegio privado. Avala esa interpretación el hecho de que tampoco su hermano mayor, el

Rata, se reincorporase en septiembre a repetir COU por enésima vez, si bien es posible que hubiera agotado el cupo de exámenes que podía suspender sin llamar la atención de la prensa internacional.

Nuestras sospechas sobre la complicidad de Ramírez se confirmaron cuando supimos, por los mismos canales subterráneos de comunicación, que había corrido la misma suerte que Navarrete. Ramírez sí apareció al otro septiembre, aunque tuvo que repetir curso. Siempre había sido un alumno desaplicado, pero supongo que el hecho de perder mes y medio de clase, sumado a la probable debacle en los exámenes de recuperación y al espíritu de represalia de sus padres sellaron su suerte. Ramírez tenía madera de secuaz, no de tirano; el estigma del repetidor, el aterrizaje en un nuevo universo social ya cuajado, que él no entendía y al que ingresaba por la escalera de servicio, lo convirtieron en un tigre de peluche, en un tiburón desdentado, en un macarrilla capitidisminuido que solo de vez en cuando estallaba en alguna pataleta incomprensible y estéril.

En nuestra clase nadie aprovechó el vacío de poder para crear una nueva corte e imponer un nuevo régimen de terror y vasallaje. Yáguer pudo hacer los exámenes de junio sin que le tirasen los apuntes a la M-30, ni le obligasen a tragarse un gargajo, ni le pintasen pollas en la cara con rotulador indeleble, ni le metieran colillas encendidas en los calzoncillos. En los últimos años del bachillerato lo vimos menos porque pasó a la clase paralela de la opción de Letras. Alguien me dijo que de repente sacaba unas notas increíbles y que lo tenían por el mejor de la clase.

También a Quique le fui perdiendo la pista, aunque permaneció en el grupo de Ciencias. Un día recuerdo que me chocó ver cómo se cruzaba con don Rogelio en el pasillo y este lo apresaba por el cuello con el brazo, como en una llave de lucha libre ejecutada con delicadeza, y le despeinaba mientras decía «ven aquí, bandido». Quique se desternillaba como una loca. En clase estaba muchas veces ausente, o se dormía sobre el pupitre, y en los recreos sencillamente desaparecía. Por las tardes se iba con Chinchilla o con algún estudiante de otros cursos, así que se acabaron nuestras conversaciones en la parada del autobús. Sé que aprobó el último año de bachillerato por los pelos, porque los profesores lo llevaban en palmitas, pero suspendió el examen de selectividad en sus dos convocatorias, y no sé dónde acabaría luego. Imagino que terminaría por entrar en una facultad mediante alguna de las pasarelas que existen desde la formación profesional. En internet no encuentro ningún dato sobre él, aunque lo busco por los dos apellidos. Tratándose de alguien de mi edad, en un contexto en el que cualquier ocupación profesional, cualquier resolución administrativa y, no digamos ya, cualquier contencioso legal dejan una huella digital rastreable, esa oscuridad informática adquiere tintes siniestros.

Las últimas semanas del curso olían ya a vacaciones. Los profesores desistían de acabar el temario y resolvían que aquello de la Transición ya nos lo explicaría el que viniera detrás. El Monje recorría las aulas e interrumpía las clases para hacer publicidad de unos cursos de inglés que se daban en verano, enfatizando que los profesores eran nativos. En aquella primavera de 1991, solo el Oráculo tenía alergia, e incluso yo me dejaba llevar por el buen tiempo y me abandonaba a los partidos de fútbol, esos partidos orgiásticos y multitudinarios que todos recordamos, con varios balones rodando por el campo y media docena de equipos en liza. A veces ocurría que un jugador cambiaba de equipo sin que nadie lo advirtiera, o jugaba simultáneamente en varios de los equipos que compartían cancha. Y un día, cuando ya nadie hablaba de la agencia Mascarada y yo mismo había olvidado que alguien debía cumplir aún su parte del trato, abrí mi mochila y encontré en ella una cinta de vídeo sin etiqueta.

38

No necesité ver su contenido para saber que era una copia de las vacaciones del niño Nonato. El original sería, imagino, la casete con la que don Rogelio se quedó en esa confusa incautación teledirigida que supuso mi exculpación inmediata. Y como a mí ya nadie me acusaba de nada, quien me hubiera transferido aquella copia no lo había hecho para salvar mi pellejo, sino porque estimaba que yo sabría extraer la verdad y porque me consideraba digno de ella.

Mínguez dijo que se había ganado a pulso el derecho de pernada e insistió en que le prestase la cinta ese mismo día. Yo accedí. Es cierto que me propuso acompañarle para que la viéramos juntos, pero él vivía lejos, tirando a Moncloa, y resultaba muy engorroso ir de su casa a la mía; solo había ido una vez, de pequeño, a uno de sus cumpleaños, y porque me llevaron en coche.

Al día siguiente, Indiana Mínguez me contó que lo había intentado todo. El presentador del documental sobre el aborto del niño nonato pronunciaba algunas palabras de manera singularmente enfática, como si poseyeran una especial significación para los espectadores que estuviesen en el secreto; sin embargo, la cadena conformada por todos esos términos —«vez», «delineamiento», «primera», «aparatos», «nosotros», «destrucción»— carecía de coherencia aparente. Después, Mínguez había buscado acrósticos en la suma de las primeras letras de cada oración; había detenido el vídeo segundo a segundo por si hubiera fotogramas subliminales y había escuchado los trece minutos de ruido blanco que quedaban al final de la cinta en acecho de psicofonías disimuladas. Todo en balde.

—Si lo escuchas a todo volumen durante horas, terminas oyendo una voz que te dice «eres subnormal».

Yo recuperé la cinta y debí de verla inmediatamente después, sin hallar nada en ella que no conociera o esperase. La última investigación de la agencia Mascarada había concluido, pero el caso seguía sin resolver. Habíamos conseguido la cinta gracias a la complicidad antes que a la sagacidad, y el enigma que en ella se encerraba quedó intacto durante muchos años. Hasta que hoy, haciendo la cama, he encontrado debajo del somier muchas de las cosas que venía echando en falta desde que he vuelto a vivir en casa de mi madre. Allí estaban mis apuntes de la carrera, los juegos de mesa y las viejas cintas VHS.

Olvidadas en dos grandes cajas debajo de mi cama, las cintas de vídeo han sobrevivido al propio reproductor, que se estropeó con el cambio de milenio. Llamé a dos colegas de mi último trabajo y a una ex con la que aún me llevo medianamente bien, pero hace ya tiempo que todos han llevado sus magnetoscopios a la planta de reciclaje. He terminado pidiéndole el suyo a mi tía, diciéndole que quiero aprovechar para volver a ver unos clásicos de la colección que regaló *El Mundo* a finales de los noventa. Es verdad que en las cajas han aparecido, entre otras, *Rebecca*, *El tercer hombre* y *El crimen de Cuenca*, que son difíciles de cazar en la televisión y que no había vuelto a ver en muchos años.

—¿Por qué no vienes a casa y las vemos juntos?

—Es que son muchas, tía. No te quiero dar la lata.

Al final conseguí que me prestase el reproductor de vídeo un par de semanas, a costa de cargar con él desde Colmenar Viejo en autobús regional, porque mi madre dejó de prestarme el coche después de un incidente lamentable que protagonizamos dentro de él una compañera de clase, un mini de whisky cola, este que viste y calza y ningún preservativo.

La cinta que metí primero fue la que se encontraba dentro de la carátula de don Donato, solo que lo que en ella había eran viejos capítulos de *Misterios en la intimidad*, del doctor Jiménez del Oso, que imaginé haber grabado encima yo mismo, muchos años atrás, en un momento de distracción. Pasaron varios días antes de que, queriendo ponerme la cinta de Pilar Miró, diera con otra sin etiqueta que —esta vez sí— era la que alguien había introducido en mi mochila durante mi último año como detective.

Siempre es curioso comprobar lo que hace la memoria con las películas que no hemos visto en mucho tiempo. Uno cree recordar con precisión una escena y, cuando la vuelve a ver, resulta que el encuadre es sustancialmente distinto del que esperaba, o la gama de colores es mucho más fría, o el espacio en el que evolucionan los personajes se ve invadido de objetos, como si en nuestra cabeza un encargado de utilería hubiera decidido que todas aquellas cosas eran superfluas o estaban haciendo falta en otra parte. Los personajes, por supuesto, suelen rejuvenecer en proporción directa a nuestro propio envejecimiento. Por todo ello, la película de don Donato era y no era la misma que yo recordaba haber visto.

Las escenas del aborto por succión ocupaban, después de todo, una proporción mínima del metraje, mientras que la mayor parte del tiempo, quien salía en la pantalla era un señor mofletudo de pelo entrecano, con unas rotundas gafas de pasta. Ahora reconocía de inmediato el escenario vacacional de nuestro profesor de Ciencias Naturales: Central Park, la catedral de St. Patrick, Wall Street, el puente de Brooklyn, la noria de Coney Island. Y luego las famosas escenas de los hijos de don Donato brincando por la playa y de su hija realizando ingenuamente ejercicios indecorosos. Esta, después de todo, no debía de contar más de trece o catorce años en el momento en que se grabó la cinta, aunque a todos nos había parecido mayor, ya fuera porque sus caderas eran anchas o porque muchos no teníamos término de comparación. No sin alivio, comprobé que el principal sentimiento que aquella visión despertaba ahora en mí era la vergüenza ajena.

Pasé la cinta hacia delante, pausándola de vez en cuando. Continuaba aún diez minutos, con escenas grabadas en restaurantes, en Times Square o alrededor de una estatua con los personajes de Lewis Carroll. Luego se terminaba abruptamente y dejaba paso a un cuarto de hora de estática. Una vez más me pregunté por qué aquella cinta había causado tanto revuelo. Se ha dicho que para el martillo todos los problemas son clavos, y para un aspirante a detective todos los mensajes tienen su envés y su cifra. Pero yo ya no aspiro a ser nada, y mucho menos detective, y empiezo a comprender que un padre pueda poner patas arriba la institución en la que trabaja para recuperar el testimonio de media hora de felicidad.

He dicho que en mi interior no hallaba otros sentimientos que la empatía, el pudor y la indulgencia, pero no debe de ser completamente cierto porque rebobiné la cinta hasta llegar de nuevo a la escena de la playa, y la puse en marcha una vez más. No puedo desenredar con exactitud los motivos que me llevaron a hacerlo porque, fueran cuales fueran mis intenciones, quedaron truncadas al ver entonces algo que no había visto ninguna de las veces anteriores. Algo que no era fácil de ver porque para ello hacía falta ignorar a una muchacha de catorce años que se contoneaba semidesnuda, pero una vez hecho el esfuerzo, la imagen era nítida y profundamente desconcertante. En segundo plano, los otros dos hijos de don Donato se perseguían uno a otro, saltaban las olas o rodaban sobre la arena. Uno de ellos me recordaba a José Luis. Se le parecía bastante, a decir verdad. Cuanto más lo miraba, más me convencía de que era completamente idéntico a él.

39

Volví a reproducir la cinta y, en un estado de gran confusión, localicé las secuencias en las que intervenía ese muchacho, que eran sobre todo las posteriores a los ejercicios gimnásticos de su hermana. Repeinado, la raya baja, las cejas espesas, el ceño sereno, la boca tensa, el movimiento preciso. José Luis en varios planos y posiciones, unas veces solo en bañador y otras con camiseta, lejos o cerca, enfocado o desenfocado. Más adelante incluso decía algo, algo acerca de un barco, aunque de todos modos no se entendía porque el viento metía mucho ruido y él hablaba demasiado cerca del micrófono.

Poco a poco fue abriéndose paso en mi mente una explicación perfectamente lógica. Los padres de José Luis habrían sido amigos íntimos del profesor y de su mujer, tan amigos que estos últimos les propusieron que su hijo mayor los acompañase a Nueva York. Sería una aventura inolvidable para él, y a ellos no les supondría apenas trabajo. En el colegio, claro, José Luis se guardaría mucho de declarar esa complicidad porque don Donato, para nosotros, era un fantoche.

No obstante, en lo más profundo de esa explicación tranquilizadora zumbaba una grave disonancia. La cinta me mostraba a un José Luis algo más alto y corpulento incluso de lo que debía de haber sido a principios de 1991, cuando yo había visto aquella grabación por primera vez. Y además la escena se remontaba hasta más de dos años en el tiempo. La cinta encerraba en el pasado a un José Luis futuro, a un José Luis inminente. ¿Acaso esta aberración temporal podía haber justificado —con razones más propias del mito que de la lógica natural— el insistente rastreo de la cinta, la histeria inicial de don Donato y su súbita sustitución por un profesor suplente?

Ocurría otro fenómeno curioso, y es que, si bien reconocía a José Luis con un convencimiento total cuando la imagen estaba detenida, me entraba la duda tan pronto volvía a ponerla en marcha. Era como si la extraordinaria semejanza física resultase socavada por ligerísimas divergencias en la elasticidad de los movimientos.

Cuando buscamos a alguien en una vieja fotografía de grupo creemos identificarlo en varios rostros hasta que vemos uno que posee algo más que una semejanza genérica, una disposición en las facciones que no sabría dar el retrato robot más detallado, y que es aquello en lo que reconocemos sin ningún género de duda a la persona en cuestión. Al contrario del retrato robot, los retratos que se hacen del natural pueden recoger esa geometría intransferible que nos distingue, y que es siempre superior a la suma de nuestras características. Pues bien, el muchacho que había acompañado a don Donato en su viaje neoyorquino carecía de ese suplemento de identidad: reunía las características de José Luis, pero no las combinaba ni las gestionaba muscularmente de la misma manera.

Aquel lejano día, en la biblioteca del colegio, uno de mis compañeros había experimentado ya aquel mismo sobresalto que me acomete ahora. Al principio debió de ser una percepción fugaz, salvajemente inverosímil, y para confirmarla hubo de hacerse con una cinta que ya había desaparecido. O quizá fue el primero de los robos el que le dio la idea de sustraérsela a su vez a los ladrones, en unas condiciones —para él— de mayor impunidad. Fuera como fuese, aquel camarada me aventajó y todavía hoy me aventaja, porque entendió el potencial destructivo que esa grabación podía tener en función del uso que se hiciera de ella. Ese conocimiento constituye su logro principal, el mérito que todavía me deslumbra y me sugestiona; pero fue también gracias a ese conocimiento que pudo movernos a todos, alumnos y profesores, como piezas de ajedrez, hasta dar jaque mate a Ramírez y a los dos Navarretes, al grande y al pequeño.

La presencia de ese José Luis contradictorio ha tenido un efecto singular sobre la grabación. Cuantas más veces la veo, menos me parece un documento y más me hace el efecto de una ficción cuyo actor tuviera en la pantalla una edad distinta de la que tiene en las revistas de cotilleo. Por absurdo que parezca, me veo incapaz de decidir si esas escenas tienen el valor del símbolo o el del testimonio.

Rebobino mis recuerdos hasta las últimas imágenes de José Luis que conservo en esa desordenada filmoteca de la memoria. José Luis comenzó el segundo curso del bachillerato con una apendicitis. Cuando estaba convaleciente, y sin que mi padre lo oyera, mi madre me instó varias veces a que fuera a visitarlo. «Podría haber muerto», decía. Me sorprendió no haber pensado en esa posibilidad, y me sobrevino la incómoda certeza de que su desaparición no me habría producido dolor.

Cuando fui a verlo a su casa aún no le habían quitado los puntos. Como no tenía cuarto propio, sino un sofá cama en la parte del salón que le habían ganado a la terraza, pasaba el día acostado en la alcoba de sus padres. Me senté sobre la colcha y bromeamos sobre cómo ahora podría hacer unos trucos impresionantes sacándose los pañuelos de la tripa. En la mesilla de noche había un transistor y algunos libros; también volví a ver allí el crucifijo de latón con el lazo azul, y me fijé en que parecía tan mugriento porque alguna vez había tenido escrita a rotulador una palabra que el tiempo había desdibujado.

José Luis me había pedido por teléfono que le llevase los libros de texto para copiar las actividades que habíamos corregido en clase. Supongo que, mientras él verificaba los ejercicios sin levantarse de la cama, yo debí de aburrirme y terminé en el cuarto de estar, donde la abuela veía la televisión sin sonido y María hacía lo propio fingiendo no verme, en tanto que su madre planchaba, tarareando las canciones que salían de un radiocasete portátil.

La música que se escuchaba en aquella casa tenía algo melancólico y callejero. Estaba poblada de funcionarios, de drogadictas, de atracadores, de señoras alcoholizadas delante de la televisión, de plantones homéricos, de niños inseminados, de alguien que se quiere ir lejos pero no puede, o de alguien que no se quiere ir pero debe irse, de gente que camina sin rumbo por ciudades grises y se muere sin hacer ruido en un rincón. En muchos cantantes españoles de la época encuentro esa fragilidad o ese reverso azogado de las cosas, canciones de amor con música de desamor o melodías vitalistas sobre amores que apenas duran un viaje en ascensor. Joan Baptista Humet, por ejemplo, compuso varias piezas desoladoras en las que, sobre una armonía gritona y hortera de sintetizadores, hablaba de padres que disparan a sus hijos por equivocación, de muchachas que se ahogan en albercas y de niños que quedan atrapados en medio de un tiroteo.

Entre canción y canción Merche me preguntó si me quería quedar a cenar. Respondí que no, que me iba a ir enseguida, pero a continuación me ofreció un vaso de leche y, por no desairarla, lo acepté. La leche me puso en el compromiso de mantener con ella una breve conversación; por decir algo, dije que en mi casa acabábamos de comprar un lavavajillas Siemens. Ella devolvió el cartón de leche a la nevera y me miró con extrañeza.

—Qué bien, qué suerte.

—No —me justifiqué—, como el padre de José Luis, o sea, su marido, quiero decir, tu marido, es director de Siemens...

Ella calló durante unos segundos y al retomar la plancha respondió algo raro, algo por el estilo de «qué no inventará Josete», o «qué cosas tiene Josete». La melodía de su voz no traslucía ningún reproche, pero pienso que lo que quería decir no podía decirlo de un modo directo, porque enlazó con un largo relato familiar que yo no le había pedido, y que escuché con cierto pudor. Varios detalles, sin que tuvieran nada de excepcional, me llamaron la atención, y debe de ser por eso que aún los recuerdo.

Me explicó, por ejemplo, que cuando era joven había sido maestra de primaria en Puente de Vallecas, y en bastantes ocasiones se había encargado de atender la biblioteca municipal, que era entonces un local agonizante con un puñado de libros; se entraba a él por una puertecilla apenas visible, con un letrero de azulejos castellanos, azules, como de fonda. A la salida se juntaba a veces con los vecinos para organizar asambleas o manifestarse contra las expropiaciones.

El barrio de Vallecas había crecido de forma brusca y desordenada, con casitas enjalbegadas que se erigían de tapadillo, entre la puesta y la salida del sol. En ellas vivían muchos operarios y trabajadores del cinturón industrial, llegados poco antes de otras provincias. Merche hacía parte del trayecto en unas camionetillas verdes y blancas que iban siempre llenas hasta la bandera. Fue en Vallecas donde conoció a su marido; dijo que se vieron obligados a casarse, un invierno en el que nevó bastante, y que ella llevaba un vestido verde muy bonito, pero nada más salir de la iglesia tuvo que ponerse encima el gabán de su suegro porque estaba helada.

Más tarde pasaron por momentos dolorosos, un episodio horrible que ojalá un cirujano pudiera extirparle de la cabeza, haciendo un corte rápido como el de calar un melón. Resultaba triste e irónico que, de aquellos días, la única imagen que querría poder convocar era la que el pentotal había velado. Hay trances que resultan devastadores para cualquiera, pero que a una mujer la desgarran y la cambian en lo más hondo. Para colmo, fue también por entonces cuando su suegra comenzó a... —aquí reprodujo con la mano que tenía libre el único gesto que le quedaba a la abuela, un gesto parecido al que hace la reina de Inglaterra cuando saluda desde el coche oficial a sus súbditos, el saludo ambiguo con el que lleva años despidiéndose del mundo—. Merche había dejado las clases para ocuparse de ella; primero pensó que sería un apaño provisional, hasta que aprendiera a organizarse, pero después nació Josete, y casi a la vez cerraron la biblioteca municipal, que era lo que más le gustaba. Sin darse cuenta habían pasado cinco años, luego diez, luego quince. ¿Qué iban a hacer? No veía otra forma de salir adelante. Su marido era muy sacrificado y trabajaba de la mañana a la noche. Ahora llevaba una gasolinera, aunque, sí, durante un tiempo había trabajado en la planta que Siemens tenía en Getafe. A ella le gustaría volver a trabajar, pero mientras viviese la abuela... Era espantoso pensar algo así.

—Como alguien me dijo hace poco, con las peores cartas también se puede ganar algún envite, a condición de saber jugarlas. Por eso nosotros, como tus padres, nos apretamos el cinturón para mandaros a un colegio decente. Vosotros sois nuestra apuesta. A ver si no os torcéis.

Yo asentí, aunque no tenía la sensación de que mis padres se apretasen nada, y pensé que era curioso que recurriera a la misma expresión que le había oído a Yáguer unos meses antes.

La abuela había vuelto la cabeza hacia nosotros y nos miraba con los ojos desencajados.

40

De manera que mi madre, despechada, ha terminado abortando la operación en la que quiso embarcar a mi colegio, pero el disgusto se le ha pasado pronto. Tirando de listín, ha dado con una viceconsejera de educación que tiene experiencia en medios asociativos y no está obnubilada por los dogmas liberales de su partido. Dos telefonazos y un té con pastas en la Pecera del Círculo de Bellas Artes han bastado para convencerla de que fomente la cesión de manuales usados no en uno sino en varias docenas de colegios e institutos de la Comunidad. Muchos de esos manuales serán irrecuperables porque —le ha advertido la viceconsejera— los cambios curriculares obligarán a sacar ediciones actualizadas; otros, en especial los de primaria, tendrán hechas las actividades y resueltas las cuentas; así y todo, la mera envergadura del proyecto permitirá crear un banco de libros pasablemente surtido, capaz de aliviar a muchas familias en ese periodo de consumo cautivo que el pueblo conoce como «la cuesta de septiembre».

Este nuevo curso de acontecimientos ha sumergido a mi madre en un frenesí de activismo; entre semana visita un par de establecimientos educativos, y los sábados y domingos ha empezado a repartir material de escritorio en la parroquia. De esta manera, la dotación de las familias sin recursos podrá hacerse de forma escalonada, previendo que en cuanto terminen las clases se recibirán los primeros lotes de manuales usados.

El entusiasmo de mi madre no podía llegar en mejor momento, porque estos días la acción de base de Cáritas Diocesana se encuentra al borde del colapso. Parece que todos hemos estado subestimando la precariedad con la que se vive en nuestro país, y que la administración de la miseria empieza a perfilarse como el sector más intenso de nuestra nueva economía. Algunos días la cosa habría terminado en motín y saqueo de no ser por la intervención de la policía municipal. Varias veces me ha pedido mi madre que la acompañe para echar una mano, pero yo me he resistido.

—¡Si no tienes otra cosa que hacer!

Ya lo sé. Todo este desembarco de Normandía didáctico, esta cruzada de los niños sin los niños, me parece francamente admirable. Una iglesia que reparte lápices impresiona. En cada lápiz vibra una potencialidad, una inminencia que nunca sentí al recibir la comunión. Pero este nuevo rito me produce igualmente una inexplicable incomodidad moral. La gente debería venir a la sociedad con el lápiz puesto, con el lápiz detrás de la oreja, como los tenderos de antes, o entre los dientes, como bucaneros de las artes y las letras. Tener que ir a la iglesia para recibir un lápiz —o un cuaderno, o un sacapuntas, o un diccionario— tiene para mí algo de usurpación y algo de herejía. Yo me entiendo.

Mi madre dice que es pereza. También puede ser, la verdad sea dicha. A trueque de esta defección, y para probarle que no es pereza, o que no solo es pereza, me he ofrecido —una vez no es costumbre— a tenerle hecha la comida cuando vuelva de la parroquia. Un arrocito con verduras, como fase de pruebas de una paella futurible.

—Tiene buena cara —dice mi madre, mirando las verduras.

—Más vale, porque es plato único.

Nos sentamos a la mesa y mi madre no para de hablar de la cantidad de gente que ha ido esta mañana. Los que venían a retirar cosas se juntaban con los que, habiendo comprendido mal los carteles, llegaban para donar otras. Tres voluntarios de Cáritas y no daban abasto: a este paso, la van a obligar a prejubilarse. Yo le digo que sigo encontrándome sacapuntas entre los calcetines, que hay cuadernillos de papel pautado dentro del zapatero y un lote de carpetas clasificadoras en el carrito de la compra. Si la gente se quita de las manos el material escolar que mi madre ha ido almacenando por las esquinas, como un hámster, ¿no deberíamos estar ya recuperando algo de orden y de espacio? La injusticia es preferible al desorden, que habría dicho Goethe si mi padre viviera todavía con nosotros. Tiempo al tiempo, repone ella; primero hay que esperar a que se descongestionen los locales de Cáritas y de la parroquia. Y luego, aunque la gente dé con la mejor voluntad, lo cierto es que mucho del material acumulado son restos de saldo, cosas cada vez menos útiles en aulas organizadas alrededor de proyectores digitales y pantallas táctiles.

Total, que muchos de estos chismes nos los vamos a tener que comer con patatas. Adiós paella.

—Y cuando ya estábamos recogiendo apareció la madre de tu amigo.

Detengo el tenedor en el aire.

—¿La de José Luis? —pregunto.

—Sí —dice mi madre—. Menudo pitote ha montado.

Merche ha explicado que, desde el día en que mi madre le diera el número de teléfono del párroco, había estado llamándolo con insistencia. Muchas veces le pillaba en mal momento, otras él le pedía que le hiciera llegar su solicitud por escrito —lo que ella había hecho en dos ocasiones—, y había terminado por comprender, hablando en plata, que el párroco le estaba dando carrete. Ya no debe de vivir en su antiguo apartamento, porque ha añadido que le suponía mucho trastorno venir a nuestro barrio, pero que al parecer no le quedaba otra si quería que el párroco se tomara en serio su consulta. Después de todo, se trataba de algo común y corriente: simplemente tenía que buscar una partida de bautismo.

—No, no, señora mía —había dicho el párroco, con el tono contenido de quien pretende hacer entrar en razón a una criatura—: como ya le dije cuando hablamos por teléfono, lo que usted pide es algo muchísimo más complicado. Lo que usted quiere es verificar *que no existe* una partida de bautismo. Y usted no es capaz de darme una fecha precisa, ni está segura del nombre que figura en ella, y aun admite que el bautizo no se celebró en esta iglesia.

Los tres voluntarios de Cáritas miraban a la madre de José Luis como a un perrito atropellado. Al retomar la palabra, Merche ha perdido el aplomo; se ha desinflado, como se suele decir. Las palabras salían de su boca a borbotones, desgarradas entre la necesidad de explicar suficientemente su caso y la vergüenza o el pudor de hacerlo en demasía. Ella ha hablado de un bautismo que, era verdad, no se había celebrado allí, pero que habría sido inscrito allí con posterioridad a partir de un registro de aguas de socorro. Aunque ella no fuera lo que se dice practicante, aquella había sido su parroquia durante muchos años, por lo que el papel que ella buscaba, de estar en alguna parte, debía de estar archivado a pocos metros de distancia. Uno de los voluntarios, queriendo reducir el voltaje de la situación, ha dicho entre risitas forzadas que el agua de socorro más eficaz es el aguardiente. El chiste ha debido de evaporarse instantáneamente, como una gota de sudor sobre una plancha ardiendo. El párroco, exasperado, ha zanjado la discusión diciendo que no puede franquearle el acceso al archivo parroquial e instándola a exponer su caso en la archidiócesis.

—Yo, la verdad, me he quedado un poco a oscuras —dice mi madre—. El párroco nos ha pedido que recemos por ella porque es una mujer trastornada.

A mí me cuesta conciliar los fragmentos de Merche que se disuelven lentamente en mi memoria con la mujer trastornada de la que habla mi madre, una mujer insegura, confusa, resquebrajada por las fuerzas tectónicas de la existencia social. Dicen que esta mujer a la que a duras penas puedo identificar con Merche está obsesionada por no se sabe qué extraña quimera, y lo malo de las quimeras es que, por ser imaginarias, nunca puedes demostrar que *solo* son imaginarias. Pero existe la posibilidad —una posibilidad remota, una posibilidad turbadora— de que esta quimera en particular esté encerrada en un cartucho de plástico, y que ese cartucho tenga dueño, y que el dueño sea yo.

Quienquiera que me proporcionase la grabación de las vacaciones del niño Nonato esperaba algo de mí que yo no he sido capaz de darle en todos estos años. Extraigo las últimas conclusiones de la botella de Carlos III, entre ellas la de que toda mi educación ha estado dirigida a aceptar misterios, no a dilucidarlos. Por eso, ahora que he vuelto a vivir en casa de mi madre, ahora que el desempleo me invita a hacer raya y suma, quiero, a modo de victoria pírrica, reverenciar el misterio, dar término a mi humilde evangelio y resignarme a que sean otros, más capaces que yo, los que interpreten el pasado.

Con el apellido materno de José Luis hay en la guía telefónica una única María de las Mercedes. Junto al nombre figura una calle que está efectivamente en las chimbambas, muy al fondo de Carabanchel. Copio la dirección en un sobre, introduzco en él la cinta y le pido a mi madre veinte lereles para sellos.

41

Bien fuera por los sucesos inexplicables que habían tenido lugar aquel año, bien porque alguien quisiera instau-
rar una nueva tradición que fue, sin embargo, rápidamente abandonada, el caso es que al final del primer curso del
bachillerato unificado polivalente nos convocaron a la sala
de profesores. Allí nos ofrecieron un café, lo que resultaba
igualmente insólito, además de aparatoso. Cuarenta tazas
con sus azucarillos y sus salpicaduras. El Pasmao nos indicó, señalando los ceniceros, que, si queríamos, podíamos
fumar, algo que muchos no hicimos por temor a que se
tratase de una encerrona.

En la sala de profesores había un tipo de mediana edad,
muy acicalado, con un traje color filete con patatas, en el
que reconocimos al director, aunque no teníamos costumbre de verlo. De una forma que a mí me pareció ceremonio-
sa, pero que quizá desde una cierta perspectiva tradujera
también algo de retraimiento, el director se levantó del sillón en el que había estado sentado, carraspeó y nos colocó
una arenga que no solo no he olvidado, sino que he estado
meditando y ponderando hasta el día de hoy.

«Os hemos reunido aquí porque el patronato del colegio cree que algunas cosas, de tan sabidas, no las estamos
recalcando bastante. Y porque quiero también que cobréis
conciencia de la importancia que tiene lo que en este colegio
estamos llevando a cabo. Igual no os dais cuenta, pero los
que os formáis en este centro vais a constituir la clase rectora
de la sociedad. Mirad a vuestro alrededor». Aquí hizo una
pausa efectista; nosotros miramos de reojo a nuestro vecino,
intercambiando sonrisas azoradas; alguno sorbió de su café.

«Mirad a vuestro alrededor. Recordad las caras que ahora veis porque dentro de unos años las personas que tenéis a vuestro lado estarán haciendo cosas grandes en este país. Algunos seréis directivos de bancos. Otros, abogados de primera fila. Otros, a lo mejor, sacerdotes..., quién sabe, ¡acaso obispos! Estaréis haciendo cosas formidables. A lo mejor —dijo, señalando con la mano a un estudiante cualquiera, que resultó ser Zurita—, a lo mejor tenemos aquí al próximo Mario Conde. O al próximo presidente del Real Madrid». El director, que ya se estaba metiendo en su papel, hizo un gesto teatral de disculpa al añadir «¡o del Atleti, ¿eh?, o del Atleti!»; algunos reímos como cretinos.

«Pero todos, donde quiera que estéis, estaréis dignificando vuestro trabajo, estaréis haciéndoos mejores y más santos, dando gloria a Dios con vuestra actividad profesional. Dentro de unos años, si Dios quiere, saldréis de estas aulas, dejaréis el colegio, iréis a la universidad. Entonces quizá de lejos reconozcáis a alguien que tiene esa misma mirada limpia, ese mismo gesto decidido, esa misma personalidad magnética, esa misma forma de ir de frente por el mundo. Y os diréis: "Este viene de un colegio como el mío". Y acertaréis, porque a nosotros se nos reconoce, se nos siente. ¿En qué? En que somos tíos legales, gente de fiar, gente con principios, gente que sabe dar la cara, que sabe partirse la cara por sus amigos; gente sin complejos, sin miedo al qué dirán.

»Para eso os han puesto aquí vuestros padres: no solo para que tengáis la mejor educación que hoy es posible en este país, sino también para que conservéis esa forma de ser, para que no perdáis esa fe en Jesucristo que ellos os transmitieron de pequeñitos y que en estos años de la juventud es tan fácil perder. Dios ha sembrado en nuestro corazón una semilla que, cuando germina, es un brote frágil; cualquier animal puede arrancarla, cualquier insecto puede dañarla. Pero si se la protege y se la coloca en un contexto adecuado, va creciendo y robusteciéndose. Se le pone entonces un rodrigón —que es un palo— para que crezca enhiesta, y al cabo de pocos años desarrolla un tronco leñoso, coriáceo, que la protege de las alimañas y posee al mismo tiempo una flexibilidad que la hace muy resistente a las inclemencias del tiempo.

»No nos creamos, sin embargo, invulnerables, ¿eh? No hay que decirse "ya soy mayor, nada puede amenazar mi fe, y puedo, por lo tanto, exponerme a los peligros, a aquello que amenaza la moral", porque también el árbol más grande puede troncharse en una tormenta, puede ser fulminado por un rayo, puede abatirse, quebrarse bajo el peso de una nevada. Hay que evitar esa soberbia que es el flanco vulnerable, el punto débil que busca el enemigo para introducir sus ideas perniciosas. No hay ningún santo en el santoral que se haya dicho "ya soy bastante santo, puedo ir a cualquier lado, puedo leer cualquier cosa, puedo mirar todo lo que se me ponga por delante".

»Por eso a veces aquí somos duros con vosotros. La disciplina que guardamos en este colegio es como la vara recta, firme, a la que atamos el árbol que está creciendo para que no se tuerza, porque si crece torcido, el menor golpe de viento lo puede echar abajo. Alguna vez no comprenderéis el porqué de ese rigor; tampoco el arbolillo comprende por qué lo atan, por qué lo constriñen de esa manera. Solo más tarde admite que le fue benéfico.

»Y quienes nos ayudan en esa tarea, quienes corrigen discretamente a sus compañeros cuando cometen un desliz o cuando están a punto de rendirse al enemigo, quienes los apartan del camino en el que pueden perderse no cometen ninguna vileza. Al contrario: quienes así actúan, quienes nos reprenden, quienes nos corrigen y nos protegen solo buscan nuestro bien, aunque en el momento eso nos escueza, o nos incomode, o nos deje en mal lugar.

»Tenemos que ser muy amigos de nuestros amigos, y eso significa que debemos velar por su salud espiritual, igual que nos preocupamos por su salud material. Y aunque al principio nos puedan acusar de mojigatos, de chivatos, de soplones, más adelante nos lo agradecerán. Os lo aseguro. Dirán: "Menos mal que estuviste allí para desembarazar el camino, para evitar que me cayera".

»Os voy a contar una anécdota real, algo que le ocurrió a uno que yo conozco. Este chaval tenía un amigo que un día le pidió el mechero para encender un porro. Él se lo prestó. Pensó que no pasaba nada, que negárselo habría sido una maña estúpida, una reacción puritana. Luego el amigo empezó a esnifar cocaína y él tampoco dijo nada porque el otro le aseguró que lo tenía controlado. Luego el amigo se pasó al caballo, y ya perdió contacto con su familia y con todos, porque les robaba, les engañaba, les mentía. Y ahora este chico, que fue compañero vuestro hace unos años, me dice que un día vio a su amigo tirado en una esquina, chutándose, y que el amigo le reconoció y le dijo "¿cómo me dejaste llegar hasta aquí?". Y eso es algo que no se puede perdonar. De los dos, quien más sufre no es el que se droga, sino el que no evitó que el otro acabase en la calle.

»Vosotros sois la España del futuro, pero al mismo tiempo también sois la España del pasado, la que sabe de dónde viene, la que sabe cuáles son los valores irrenunciables. Vosotros sois la sal de la tierra, dice el Señor; y os lo dice a vosotros, a los que meditáis el Evangelio, a los que no os avergonzáis de vuestra pureza, a los que combatís a los enemigos de la fe. Que no se os olvide. Un día, dentro de mucho tiempo, tendréis hijos, y nos los confiaréis para que se transformen en hombres de bien, para que hagamos de ellos españoles recios, nobles, cristianos y decentes. Gente buena y normal como vosotros».

Este libro se terminó
de imprimir en
Móstoles, Madrid,
en el mes de
enero de 2022

«Para viajar lejos no hay mejor nave que un libro.»
EMILY DICKINSON

Gracias por tu lectura de este libro.

En **penguinlibros.club** encontrarás las mejores recomendaciones de lectura.

Únete a nuestra comunidad y viaja con nosotros.

penguinlibros.club

Penguin
Random House
Grupo Editorial

 penguinlibros